瑪利亞的泣訴

The Testament of Mary

柯姆·托賓　景翔——譯
COLM TÓIBÍN

⋯

他們出現得越發頻繁了，兩個人都是，對我和這個世界似乎越來越沒有耐性，他們饑渴且凶狠，他們血液裡有一股暴戾之氣在沸騰。我以前都見過，也像被獵殺的動物一樣聞得到。但是我現在並沒有受到追捕，不再有人追捕我了。有人照顧我，溫和地盤問我，看守著我。他們以爲我不知道他們的盤算，現在除了睡眠之外，沒什麼事情逃得過我。僅剩下睡眠不受控制。也許我老得不用睡覺了。沒什麼需要靠睡眠滋養。也許我不需要作夢，或者不需要休息。也許我的雙眼預知到它們就快要永遠閉上。我只在必要時保持清醒。每當天剛破曉，我會到走廊上來，看著黎明把光線射入房間。這成爲我守候和等待的理由。在最終安息以前，清醒的時間總是漫長。然而知道一切都會結束這樣就夠了。

他們以爲我不了解這世界有什麼在悄悄醞釀，以爲我不明白他們問題的重點，或者當我支吾其辭、胡言亂語、言不及義時，不會去注意到他們隱蔽在表情或聲音裡的那份憎怒。每當我表示自己不記得但他們認爲我應該記得的時候。實際上他們過度地囚困在自己巨大而難以滿足的需求之中，又被我們都害怕的那件事弄得笨到沒有察覺，其實我什麼都記得。記憶如同血肉一般充塞在我的身體裡。

我喜歡他們這樣供我吃、供我穿，保護我。我能爲他們做的我都願意做到，但僅此而已。正如我不能爲別人呼吸，或是幫別人的心跳動，或是不讓別人的骨頭變得脆弱、肉體變得枯瘦，我也不能說那些我不可以說的事情。我知道這令他們十分困擾。他們如此急於知道發生在我們身上，一切事情背後的祕密，或者找出簡單的模式。光是這點就讓我想要笑，只不過我已經忘記了怎麼微笑。我已經不再需要微笑，正如我不再需要淚水。事實上，我想我再也不會流淚，我已經用完所有的眼淚。不過我很幸運，像這樣愚蠢的念頭不會流連不去，事實特別快地取代一切。只要你需要，總是會有淚水的。淚水是身體製造的。我不再需要眼淚應該是件讓人心安的好事，但是我要的不是心安，我只要孤獨以及確定我不必虛言造假，能做到這樣我就滿足了。

來的兩個人之中，一個會在那裡一直陪我們到最後。那時候他非常溫柔，隨時會抱著我、安慰我，現在他隨時會不耐煩地皺起眉頭，只因爲我所說的故事不能順從他的需求。但是我能看得出他軟化的跡象，他會嘆一口氣，然後眼光再度發亮，回到他的工作上，一個字母又一個字母地寫著那些他知道我不認得的字，敘述那些發生在山上前後幾天的事。我曾請他把他所寫的字大聲地讀給我聽，但是他不肯。我知道他寫了一些他既沒有看到，我也沒有看到的事。我知道他也修改了那些我經歷過而他也看過的事，他要確保這些話夠重要，會被人傾聽。

我記得太多了。我就像大晴天裡的空氣，一動也不動地停在那裡，空氣中什麼都跑不掉，好像這個世界屏住了呼吸一般，我把所有記憶藏在心裡。

所以在我跟他談到兔子的時候，我並不是在告訴他什麼我已然或忘的事，但我之所以記得也是因爲他的堅持。我告訴他這些細節在我心裡這麼多年，就像我一直有雙手或兩臂一樣。在那一天，也就是他要我爲他一再重複所有細節的那一天，在一切混亂之中，在所有的恐懼、尖叫以及哭喊之中，一個男人走到我身邊，他拿著一個籠子，裡面關著一隻既巨大又忿怒的鳥。那隻鳥的喙很尖利，銳利的目光不可一世；牠的翅膀無法完全伸展開來，被籠子困住，這隻鳥似乎很無奈又憤怒。牠應該飛翔、狩獵、撲殺牠的獵物。

那個人也拿著一個袋子，我後來才漸漸知道裡面幾乎半滿地裝著一些活兔子，一群極具精力而又害怕的小東西。在山上的那幾個鐘頭裡，在過得比任何時間都要慢的那幾個鐘頭裡，他把兔子一隻隻地從袋子裡抓出來，塞進勉強打開的籠子裡。那隻鳥首先抓向牠們柔軟的腹部，把兔子的肚子剖開，連腸子都流了出來，當然也包括兔子的眼睛。現在說起來很簡單，因爲那是一件看著不舒服的事，而現在說來容易，是因爲那件事沒有道理。看起來那隻鳥似乎不餓。也許牠身上有另一種飢渴，活生生動著的兔子也無法滿足。籠子裡漸漸堆起半死的、沒有完全吃掉的兔子，發出奇怪的嚎叫聲。邊抽動邊冒出鮮血。那個人一臉容光煥發，好像有光從他的體內發出，他一面看著那個鳥籠，一面看著他周遭的一切，似乎在暗自偷笑，袋子還沒有全空。

・・・

到了那個時候，我們已經在說別的事情，包括那幾個在十字架附近玩骰子的人，他們拿他的衣服和其他物品當賭注，沒什麼特別的原因。當中有一個男人令我害怕，就像那個隨後來到會絞殺人的凶手。那個男人混跡在當天來往的人群中，最讓我警覺，也感受到惡意，看起來像一切結束後仍不善罷甘休，不會放過我的那種人，可能是被派來抓我回去的人。這個男人好像是替那群騎著馬來的人做事，一直用眼角餘光跟著我，不像那群人有時只是冷眼旁觀。如果會有誰知道那天發生了什麼事、又知道是什麼原因的話，那一定就是這個玩骰子的人了。也許我說他來過我的夢裡要省事得多，但他沒有，他也不像其他令我魂縈夢牽的東西或者臉孔。他當時就在那裡，關於這個人我所能說的只有這些，而且他看著我，也認得我，經過這麼多年，假如他現在就走進這扇門，我不意外會看見他因爲強光而瞇起的眼睛，沙色的頭髮變得花白，那副和身體比起來仍然顯得寬大的兩手，還有賣弄學識、沉著、平靜、克制殘忍的神態，後面還跟著那位獰笑著的絞殺凶手。但是我不想跟他們攪和太久。我的兩個朋友來看我，是爲了聽我的聲音，我的證詞，但是這個玩骰子的人，和那個絞刑劊子手，或是其他像他們一樣的人，想必是爲了要我沉默。如果他們來的話，我會知道。現在應該沒關係了，因爲剩下的日子很少，但是在我仍然清醒的時候，我還是非常害怕他們。

和他們比起來，那個帶著兔子和鷹的人反倒沒有殺傷力了；他是很殘忍，但無用武之地。他的衝動很容易就能得到滿足。除了我沒有別的人注意他，而我之所以會注意到他，也許因爲我是在場所有人中，唯一會去注意有東西在動的人，希望找到人可以替袋子裡的東西求情。也可以弄清楚當一切過去之後，他們究竟想從我們這裡得到什麼，最重要的是，哪怕一秒鐘也好，可以讓我暫時脫離那場正在發生的大災難。

對於我的恐懼，和我四周的人所感到的恐懼，他們都不在乎。還有那些在等著的人，他們受命在我們想離開的時候將我們圍住，看來我們逃離這裡的機會很渺茫。

第二個男人到了。用另一種方式彰顯存在感。他一點也不溫柔。他缺乏耐性，很不耐煩，想要控制一切。他也寫東西，但是速度比另外那個人快得多，皺著眉頭，點頭讚許他自己的字句。他很容易生氣，我只要走到房間那頭去拿個碟子就可以讓他不高興。有時實在很難忍住不和他說話，雖然我知道對於我的說法他充滿懷疑，或是討厭。但是他和他的同事一樣，必須聽我說話，這就是他到這裡來的目的。他別無選擇。

我在他離開之前曾經告訴他，說我這一生凡是看到兩個以上的人在一起，我就看見愚蠢和殘忍。但是我先注意到的總是愚蠢。他坐在我對面，等我再告訴他其他的事情，但是因爲我無意讓他如願，他的耐性漸漸流失，他想知道，我們失去兒子那天的經過，我們後來怎麼找到他，又說了些什麼。我不能說那個名字，說不出來，如果我說了那個名字，我的心會碎開。所以我們叫他做「他」，「我的兒子」，「我們的兒子」，「那個在這裡的人」，「你的朋友」，「你感興趣的那個人」。也許在我死之前我會說出那個名字，或是哪個晚上我會輕聲呼喚，但我絕對不會說出來。

我說，他把一群不受歡迎的人招到他身邊，全都不過是像他一樣的孩子，或是沒有父親的人，或是一些不能正視女人的男人。一些對著自己笑的男人，或者是一些還很年輕就已經長得很老的人。你們沒有一個是正常的，我說，而我看著他把他那盤吃了一半的食物向我推來，好像他是一個在發脾氣的小孩。是的，怪人，我說。我的兒子招來一群怪人，不過他自己，不管怎麼說，都不是個怪人，他可以做任何事，甚至也可以很安靜，他有這種能力，這十分難得，他可以很輕鬆的獨處一段時間，他可以看著一個女人，好像她和他是平等的，他很知感激，行爲端正，又很聰明。而且他會善用這一切能力，我說，這樣他就可以帶領一群信任他的人，從一個地方到另一個地方。我沒有時間去管怪人的事，我說，可是如果把你們兩個怪人放在一起，除了愚蠢和殘忍之外，還會激發出格外的貪婪。把那些不討人喜歡的人聚在一起，我一面說著，把那個盤子推回給他，你就什麼都能得到——無懼、野心，任何東西。無論此消彼長，它都能帶你到我所見和我現在面臨的處境。

・・・

我的鄰居法麗娜會留東西給我。有時候我會付錢給她。起先她來敲門的時候我沒有應門，在我收拾她留給我的東西——水果，或是麵包，或是雞蛋，或是水時也沒有理她，後來經過她家門口時，我也覺得沒理由和她說話，甚至假裝我不知道她是誰。我小心翼翼地不去碰她留下來的水。我走到井邊去給自己打水，雖然那樣會讓我的兩臂痠痛。

當我的訪客來到的時候，他們問我她是什麼人，我很慶幸我能告訴他們說我不知道，也沒興趣知道，也不知道她爲什麼留東西給我，大概是想在別人不許她去的地方佔一個位子吧。我必須小心，他們對我說。這話不是很難回答，我說我比他們更清楚，如果他們是來給我不必要的忠告的話，也許他們根本就不需要來。

不過，漸漸地，當我經過她家，看到她站在門口時，我開始注意看她而且很喜歡她。不一樣的是她很小，比我更嬌小，或是說看來更虛弱，雖然她比我年輕。起先我以爲她是一個人，我相信要是她找麻煩或是太咄咄逼人的話，我應該可以對付得了她。可是她不是一個人。我後來才知道。她的丈夫躺在床上不能動，她必須整天照顧他；他在一間暗黑的房間裡。而她的幾個兒子，像世間所有兒子一樣，都進城去找更好的工作，或更有用的理想。他們把法麗娜丟在這裡照顧山羊，在梯田裡種橄欖樹，甚至每天提水，我跟她說得很清楚，她的兒子們如果來到這裡的話，絕對不許跨過這道門檻。我跟她說得很清楚，我什麼事都不要他們幫忙。我不要他們進這間房子。我花了好幾個禮拜才把那些男人的臭味清除乾淨，讓我得以呼吸到沒被他們弄髒的空氣。

我開始會在我碰見她的時候向她點頭。儘管我還是不看她，不過我知道她有注意到我的改變。進而產生更多的改變。起初很困難，因爲我不能輕易瞭解她，她似乎覺得這樣很奇怪，但也無法令她停止說話。不久，我開始聽懂她大部分的話了，或者不如說聽了她足夠多的話，也知道她每天去了哪些地方，以及她爲什麼要去。我不是因爲我想去才跟她去，我去是爲那兩個來探視我的訪客，問題沒完沒了又不肯離開，我想要是我能躲開他們一陣子，哪怕只有一兩個鐘頭，他們也許會學得更文明些，或者，更好的是，他們可能就此離開了。

我不覺得那件事所造成令人憎恨的陰影能夠消散。陰影來到我心中，像血脈似地以同樣的速度把黑暗送到我全身，或許它成爲我的伴侶，在夜裡會驚醒我，在早上會再讓我醒來，像一個整天都守在我身邊的怪朋友。它是我體內的重擔，經常讓我無法承受。有時感覺負擔輕一點，但永遠不會消失。

我陪法麗娜一起去聖殿。我們才剛動身，我就已經在想回來之後，要如何跟我的訪客們說，自己去了什麼地方。我們在路上沒有說話，而只有當我們很靠近的時候，法麗娜才說她到那裡只求三件事——她的丈夫能在受更多苦之前蒙主寵召，她的兒子都能健康，還有他們都能對她好。妳眞的希望第一件事如妳所願嗎？我問道，希望他死嗎？不是，她說，我不希望這樣，可是這樣最好。還有她的臉，她臉上的表情，非常仁慈，在她走進聖殿的時候，她的眼睛裡發著光。這些我都記得。

然後我轉過身，第一次看到月神的雕像。在那一秒鐘，當我站在那裡，那座雕像煥發出恆久和慷慨，豐饒和慈悲，也許還有美，甚至更多的美。我一時得到啟發，我自己的影子飛去和那個殿裡可愛的影子交談。留下我自己在光亮中。我的心裡沒有毒。我望著那座老女神的雕像，她見過的比我見過的多，受的苦也更多，因爲她活得更長久。我沉重地呼吸著說：我接受了那些影子，那些重擔，以及那天那麼多可怕的事；我看見我的兒子被綁起來而且流著血，我聽見他的哭喊，當我以爲不會再有更壞的事發生，幾個鐘頭之後才知道大謬不然。爲了攔阻這件事所做的努力都宣告失敗，我爲了不去想這件事所做的一切也都沒有結果。當那聲音充滿了我，那幾個鐘頭的惡湧進我體內。在我由聖殿走回去的時候，惡意仍在我心中躍動著。

我用積蓄向銀匠買了一尊能提升我靈性的女神雕像。我把雕像藏了起來。我之所以這麼做，在於我知道在這房子裡有什麼和我很接近，當我有需要時，我可以低聲在夜裡向她傾訴。我可以告訴她所發生的事以及我是怎麼來到這裡的。我可以說新的錢幣開始出現，一些新頒布的命令，以及一些新名詞帶來巨大的不安。一無所有的男人和女人開始談論耶路撒冷，好像那座城市就在山谷對面，而不是還要兩三天的行程才能到的地方。後來年輕人都去了那裡。任何人只要會寫字，或是木匠，或是會做輪子或打鐵；任何人只要能說話清楚，或是想去買賣衣服，或是穀類，或是賣水果，或是賣油，他們都可以去。突然之間，去那裡變得非常容易，不過要回來就不那麼容易了。他們送話回來，還有錢和衣服，他們送回有關他們自己的消息，但是那裡有種種的牽扯，有錢的牽扯，也有關於前途的牽扯。在這之前我從來沒有聽人談過未來的事，除非他們是說明天或是他們每年都會參加的宴會。但現在不是說一切會不一樣或是一切都會更好的時候。這樣的想法曾經像一陣又乾又熱的風橫掃過各個村落，帶走了這裡所有有用的人，帶走了我的兒子，這件事並不讓我覺得意外，因爲他沒有走的話，他會是村子裡傑出的人才，人們會奇怪他爲什麼沒有走。其實就這麼簡單——他不能留下來。我沒有問他什麼，我知道他很容易找得到工作，我也知道他會送回東西來，和其他比他去得早的人一樣，正如我像其他有兒子要出門的母親一樣爲他收拾他需要的一切。這事並不悲傷。只是一件事的結束，他離開的時候有一大群人陪著他，因爲那天其他人也要離開，我在回家的路上幾乎想笑出來，想到我很幸運，他走時很健康。也因爲我們在這個月裡——也許這一年裡——都很小心，在他離家之前我們沒有說太多話或是變得太親密，因爲我們都知道他遲早要走。

可是我在他離開前應該更注意有誰到過家裡，坐在我的桌子旁邊討論些什麼。每回有不認得的人來家裡，我不是因爲害羞或謹慎才躲進廚房，是因爲無聊。那些年輕人一本正經的樣子讓我不太舒服，是他們尷尬的飢渴讓我躲進廚房或是花園，或是他們每個人都少了點理性，使得我在給了他們食物、飲水，或其他東西之後，在他們講出任何一個字以前，我就趕快溜走。

一般來說他們起先都很沉默，很不安，很愁苦，然後變成說話太大聲，太多的人同時開口，更糟糕地是，當我兒子要他們保持沉默，把他們當做一群人那樣說話的時候，他的聲音非常虛假，音調也變得矯揉做作，我不忍心聽他這樣說話，好像有什麼東西在磨著，讓我的牙咬在一起，我通常發現自己走在滿是灰塵的小路上，手裡提著籃子，好像我需要麵包，或是去拜訪一個不需要有人去看的鄰居，希望等我回來的時候，那些年輕人已經散了，或者我兒子已經停止說話。等他們留下他一個人和我在一起時，他會自在也溫柔得多，像一個倒光了污水的花瓶，或者說他在說話的那段時間裡滌淨了使他亢奮的一切，然後當夜色降臨，瓶子裡又充滿了來自獨處，或者睡眠，甚至是從沉默和工作而來的清泉。

・・・

我這一生都愛安息日。最好的時光是我兒子八九歲的時候，年紀大得可以不必我多說就能把事情做好，大得能夠在屋裡很安靜的時候保持安靜。我喜歡事前把東西準備好，確定整間房子都很乾淨，在安息日的兩天前就開始洗衣和打掃，到了前一天準備食物，確定有足夠的飲用水。我喜愛早晨的寧靜，丈夫輕聲向我耳語，到兒子的臥房裡去陪他，握住他的手要他輕一點，以免他說話太大聲，別忘記這不是一個普通的日子。那些年安息日的清晨，我們家都非常安靜，好幾個鐘頭我們都能安靜而自在，當我們內觀自省時，完全無視於外在世界的噪音，以及前幾日留在我們身上的印痕。

我愛看著我丈夫和兒子一起去聖殿，我也愛在去聖殿之前，先獨自留下來祈禱，不說話，不看任何人。我愛一些祈禱文和那些從書上大聲唸給我們聽的話語。我知道這些字句，在我準備步行回家的路上，這些曾經聽過的話語會帶給我溫柔的撫慰。奇怪的是，在日落前的幾個鐘頭裡，好像有一場戰事悄悄地在我體內開攻，其中一方是那些祈禱文的餘音，那一整天的平靜，和一切無聲的自在；另一方則是某些黑暗且動盪不安的東西，感覺每個星期都像過了就回不去的時間，還有一種我叫不出名字來的感覺，潛伏在字裡行間，像個獵人或是捕獸的人一般等待著，隨時會有隻手在收獲時揮舞大鐮刀。想到時光正在流逝，想到這個世界還有那麼多神祕不可解的事，讓我覺得很不安。但是我接受這件事，一如花費一天時間去內省一樣不可避免。等日落時分所有陰影都融入黑暗之後，我們便能再度說話，我也可以在廚房工作，重新想著其他的人以及外面的世界，到那時候我還是會覺得很高興。

・・・

他們會移動東西，我是說我的兩位訪客，好像這個家是他們的一樣，好像搬動家具能帶給他們特殊的權力。當我告訴他們把東西放回去——把桌子搬回來靠在牆邊，把水壺由地上放回我平常放的架子上的時候，他們彼此對望一眼，然後看著我，很清楚地表示他們不會照我的話去做，連在最小的地方也要維護權利，不對任何人讓步。當我回望他們的時候，我希望看到他們表情裡的輕蔑或愚蠢。雖然我不覺得被輕蔑，我幾乎感到很快樂，而且有趣的就是他們還像小孩子一樣，動輒找機會來表示誰是老大，是誰在發號施令。我並不在乎這裡的家具怎麼擺放，他們每天來搬動也不會惹惱我，於是我通常回去做我的雜事，好像逆來順受地承受了挫敗。然後我等待。

房間裡有一張椅子，從來沒有人坐過。也許以前這張椅子每天都另有所用，但在這張椅子拿進門的時候，我腦海中還是回想起那些愛過的日子。那張椅子一直沒人用過，屬於記憶，屬於一個不再回來的男人，他的身體現在已化爲塵土，但是他曾經生活在這個世界上。他不會再回來。我把這張椅子留在房間裡就因爲他不會再回來。我不需要替他留食物、飲水，或是我床上的位子，或是任何我收集來可能讓他感興趣的消息。我讓那張椅子空著，這不是什麼了不起的事，有時候經過看一眼，能做的也就是如此，也許這還不夠，也許到時候我不再需要有什麼能讓我想起他的東西在身邊。也許在我晚年我對他的記憶會更深入我心，使我不必再借重房間裡的任何器具。

我知道他們這樣搬進來十分粗魯，好像要奪取地盤似地，其中一人會選上那張椅子，卻要裝出一副不經意的樣子，令人無從反對，但是我等著看。

當他把桌子搬開，將我刻意靠牆放著以免客人動到的那張椅子拉出來的時候，我說：

「不要坐這張椅子。你可以用旁邊的椅子，但是那張不行。」

「我不能坐椅子？」他像對一個傻子說話似地問道，「那椅子還有什麼用處？我不能坐？」現在這個問題問得比起不懷好意更顯得傲慢。

「沒有人可以坐那張椅子。」我不動聲色地說。

「沒有人？」他問道。

我把聲音放得更平靜。

「沒有人可以。」我回答道。

我的兩位訪客對望了一眼。我在等著，我沒有轉開身，盡量裝出一副溫柔、沒必要反對的樣子，最好讓他們覺得是我突想奇想，是婦人之見。

「爲什麼不能坐？」他帶著點挖苦的味道問我。

「爲什麼不能坐？」他又問了一遍，好像我是個小孩子。

現在我幾乎無法呼吸，我把手放在最靠近我的一張椅子，然後我的呼吸恢復，我的心跳突然減慢，我知道不久之後我體內的生命，那剩下的一點，就會消失，會像燭焰消失在暖和的一天中，很容易，只要一陣最小的微風，突然閃動之後就熄滅了，沒有了，好像從來沒有點亮過。

「不要坐在那裡。」我平靜地說。

「那妳必須解釋一下。」他說。

「那張椅子，」我說：「要留給一個不會再回來的人。」

「但是他會回來的，」他說。

「不會，」我回答道：「他不會回來。」

「妳的兒子會回來。」他說。

「那張椅子是給我丈夫的。」我回答道，這次好像他是傻子。我說出這個名詞時覺得滿足，好像說出「丈夫」兩個字能將某種東西，或是某種東西的影子，拉回到房間裡來，那些對他們來說不夠但至少對我已經足夠的東西。然後他去坐在那張椅子上，椅背轉向自己，他已經準備好背對我待在這裡。

我在等著。我很快地找到那把鋒利的刀子，拿起來，摸了下刀刃。我沒有指向他們，但是我伸手取刀的動作既快又突然吸引他們的注意。我看了他們一眼，然後低頭看著刀刃。

「我另外還藏了一把，」我說：「要是你們哪個再碰那張椅子，只要碰一下，就給我等著。我現在就等著，夜裡我會過來，我會輕得像空氣流動一樣，而你們連發出聲音的時間都不會有。不要以爲我做不出來。」

然後我轉過身去，好像有什麼事要做。我洗了幾個不必洗的水壺，然後問他們能不能替我拿點水來。我知道他們現在想獨處一陣子。等他們出去之後，我把那張椅子靠回牆邊，再把桌子推回去。我知道我有時候會忘記我嫁的那個男人，也知道我不久就會和他在一起。也許是該把那張椅子丟棄的時候了。但我會選一個不重要的日子來做這件事。我會選我自己的好日子來打破我的魔咒。

⋯

現在的我游移在一個既明確又封閉的世界，以及某種可怕的想像世界之間。在那些能夠祈禱、感謝與讚美上帝的安息日裡，總有餘暇可以想像在我們的藍天之上，或埋在地底深洞裡的東西究竟是什麼。部分的安息日裡我會有種感覺，在幾個鐘頭的沉默之後，我感覺到我母親掙扎著走向我，從非常黑暗的某地方伸出手來，伸手好像要食物或飲水。當黑夜在這些安息日降臨的時候，我看見她沉回一個洞穴狀的地方，一個巨大而寬闊的開口，她身上有各式各樣的東西在飄動飛舞，下方則有轟然的聲響從地底升起。我不知道爲什麼我會想到這事，想像她在靠近自己喜愛的地方，伴隨溫熱的地底漸漸化爲塵土，還比較容易。如同與其想像地底情景，若是換成現在手邊必須用心做的工作，或是正在發生的事情上，或者想像那些白天來到我家門前的人，也比較容易。

從加納來的馬爾谷不是我的表弟，雖然他叫我表姊，因爲我們的母親同時在相鄰的兩間房子裡生下我們。我們玩在一起，也一起長大到必須分開的時候。當他來到納匝肋時，家中只剩我一個人在。我已經有很多年沒見過他了。我知道他去了耶路撒冷，也知道他比很多到那裡去的人更有本事，還有他繼承了他父親靦腆與穩定的個性，會給人留下很好的印象，在有需要時能騙過他們，他有一種能同意每一個人的能力，任何事都沒有他自己的意見，也不會保留他自己的意見。

馬爾谷來到我門口，坐在我的桌子邊，他不要喝水或吃東西，以前從沒有見過他這樣子，即便後來當我的保護者，或者也可以說是守衛，不管他們叫什麼，就是那些人來到我家的時候，我才注意到馬爾谷——一種冷淡，一種決心，一種會利用沉默的能力，一種因爲心硬如鐵而顯露在眼周和嘴角的冷峻表情。他告訴我他親眼所見，即便那個時候，他就已經告訴我會有什麼結果。他會看見他所看見的不是沒有理由，他說；他一位同事請他陪同在某個安息日去耶路撒冷羊市場後面的水池，大家都知道那裡是我兒子和他朋友聚會的地方。依照馬爾谷的說法，那裡也是他們聚集群衆、造成混亂而開始引起注意的地方。

那裡有個老瘋子，馬爾谷說，經常躺在其他人之間，還有跛子、病人、瞎子和行動不便的人，只有發瘋的人才會相信在某個季節裡有一個天使會降臨池邊攪動池水，誰要是在池水攪動後第一個下水，不論他得了什麼病都能治好。而我的兒子和他的朋友，也就是到家裡來的那些年輕人，整天都在那裡。馬爾谷看到他和他整群的朋友，如何操弄群衆情緒直到歇斯底里。馬爾谷說，他們想必知道自己正受到嚴密的監視。他說，四面八方都有探子、告密者，和公然露臉的監督者，或者利用別人看到他們正在人群中監視，來賺取報酬的人。馬爾谷說他站得離水池很近，近得足以看清楚大家聚焦在那個白癡身上，像乞丐又像傻子，總是大聲地叫嚷說自己瘸了好多年。馬爾谷在附近的人圍過來的時候，聽到我兒子的聲音。「你要痊癒嗎？」他叫道。有人在大笑，模仿他的聲音，但是其他人召集更多人，默默地圍向中間靠近水池的聲音。那聲音高叫道：「你要痊癒嗎？」白癡開始宣稱有天使來攪動池水了。但是因爲他沒有佣人幫忙，而且只有第一個進到水裡面的人才能被治癒，所以他命中注定後半輩子都還是殘廢。那個聲音又再升起，這次沒有人笑他或是嘲弄他，四周只有全然的寂靜，因爲這次那聲音說道：「拿你的褥子走吧。」

馬爾谷不知道寂靜持續了多久；他看見那個人躺在那裡，然後人群向後退開，仍然沒有人說話，只看見那個人站起來了，而我的兒子告訴他說他的罪赦了。然後那人走了開去，丟下他的擔架。他直朝那座聖殿走去，後面跟著一大群人。我的兒子和他的朋友也跟在後面。他們在安息日引發一陣騷動。在殿裡，沒有人在乎那個人和他爲什麼會走路。但是他們不得不在意的是，他不但大叫著還指手劃腳，甚至還有一大群人跟著他，那天可是安息日。

馬爾谷說，沒有一個人會懷疑是誰破壞了安息日。我兒子之所以沒有當場被捕，只因爲有人在監視他，注意他接下來要去哪裡，又是誰在背後支持他。官方的人，包括猶太人和羅馬人，都在想他會把他們帶去哪裡，如果沒有探子或監視的人確定他去哪裡的話會怎麼樣呢？

「我們有什麼辦法，」我問道：「可以攔得住他？」

「辦法是有，」馬爾谷說：「只要他能回家來，一個人回來，甚至不能在街上被人看到，不能夠工作，也不能有人跟隨，只能在這幾個房間裡待著。只要人消失了，也許可以救他，不過卽使如此，他還是會受到監視。但是沒有其他辦法了，如果要這樣做，如果要他回來，就一定要快。」

．．．

所以我決定動身到加納去參加我表姊女兒的婚禮，我原先打算不去，我不喜歡婚禮，我不喜歡那麼多的說說笑笑，浪費食物，還有流水般的酒，新娘和新郎像是一對被犧牲的人，用來換取金錢，或是門第，或是遺產，還要被迫忍受大量的喧鬧與酒醉，以及一大群人毫無必要地群聚。人在年輕的時候比較容易結婚，因爲在那些日子裡，任何的迎人笑臉和瘋狂行徑，都會讓你意亂情迷，卽便靠近身邊的是一個小丑，也會輕易愛上。

我到加納不是爲了熱鬧地慶祝兩個人聯姻，其中一人我並不太熟，另外一個我根本不認識，我是要去看看能否讓兒子回家。幾天以前，我召喚我眼神中的力量，我訓練我的聲音，想辦法讓我的聲音中氣十足又低沉。如果承諾辦不到，我準備警告加威脅。我想我至少能說出一樣可以改變一切的事來。一個句子。一個承諾。一個威脅。一個警告。我坐在那裡覺得我絕對有辦法，我騙自己說他會跟我回來，他會認爲自己已經流浪得夠了，已經充滿沮喪了，或者我可以勸得動他。

當我在婚禮前幾天到達加納的時候，我知道，或者說我幾乎知道這趟是白來了。談的都是關於他的事，我身爲他母親的這個身分，只是讓我受到更多注意和查問而已。

靠近我表姊米黎盎住處的是拉匝祿的房子。我從他還是孩子的時候就已經認得他了。在我們所有的小孩當中，從他出生到這個世界上開始，就一直是最漂亮的。他好像在做所有的事之前就會笑了，每次我們去看他的母親雷米娜時，她會把手指豎在嘴前，然後將我們帶到房間那頭放搖籃的地方，當我們望進搖籃裡時，他似乎已經在微笑。有時候讓雷米娜很尷尬，因爲當我們去拜訪時，不僅會被發現我們來這看孩子學走路和說話，也會和孩子的父母和姊姊們碰到面。其他的孩子一見到他，馬上會要他參加他們的遊戲；不管孩子們在做什麼，只要他在就會變得平靜而和諧。現在我知道我們之中只有他擁有一種神奇的力量——他從來沒有經歷過黑暗，在幽深的子夜或安息日將盡的時刻，靈魂也未曾被恐懼侵擾。我有很多年沒有見到他，那些年裡他們一家搬到伯達尼又再回到加納，但是我一直聽到消息，包括一些和他有關的事——他長大成優雅的黃金少年，認眞而仁慈。還有他們非常擔心，因爲他們知道不可能把他留在橄欖樹叢和果樹之中，他一定會出什麼事，會想去某個大城市，而他的美，也因爲他現在長大成人了，需要另一片天地成長茁壯。

但是沒人知道他命中注定要走向死地，他所擁有的善與美，獨一無二的靈氣，宛如神賜予他父母和姊姊們的禮物，如今卻變成一場無情的玩笑，他們像是被一道美食的香味，或者無窮的可能性所戲弄，一切只是風中過客，終要緣慳異地。我知道他痛苦呻吟了一兩天，然後好了一點，痛苦又接踵而至，有時是持續整夜的頭疼，他喊叫出聲，哭喊著說他答應做個好人。但是一點辦法也沒有，毒素在他頭腦中生長。他開始變得虛弱，而且怕光，就連一絲光線也不行。哪怕只是有人開門進房，也就夠受的了，他都會叫出聲來。我不知道這樣過了多久，我只知道他們照顧著他，就像豐收在即卻因一夜陰風片甲不留，或是降臨一場瘟疫使滿樹果實都乾枯壞死，甚至連提到他的名字或問起他的消息都會引發不祥之兆。

所以我沒有問他的消息，但是我常常想到他，尤其是我在準備到加納去的時候。我不知道我是不是該去看他或是他的姊姊們。在我出發的時候，我不知道他已經死了。

當我到達加納的時候，街上空蕩得詭異。後來聽說幾天以前，約莫有兩個多鐘頭，天空中的鳥全都不見，好像已經是晚上，或是有什麼巨大的變化來襲，迫使牠們退回巢裡。有種寂靜的感覺，沒有風，樹葉也紋絲不動，沒有動物的叫聲。貓在光影之中出入，但陰影——即使是那些陰影本身——始終留在原處。一週前拉匝祿死了，就在他進入墳墓的第四天，我的兒子和追隨他一起高談闊論的人來到了加納。我兒子要他們把拉匝祿挖起來，把他搬出墳墓，沒有人願意做這種事。死亡前一天，拉匝祿變得十分平靜而美麗。現在沒有一個人想碰他，打攪他在地下的安寧，但這一群人的聲勢太大，他的姊姊們別無選擇。這群人帶來消息，說有一個瞎子看見了，還說某次集會明明沒有食物，但結果大家奇蹟似地吃得很飽足。他們說的全是力量和奇蹟。那一群人在鄉間走著，像一群蝗蟲似地到處搜尋需要和痛苦。

但是他們之中沒有一個人想到有人能起死回生。這事以前從來沒有人碰到過。我聽說大部分人甚至覺得不該嘗試，那是褻瀆上天。他們正如我那時候所想，正如我現在依然覺得，人不該影響死亡的完整性。死亡需要時間與靜默，人不應該干涉死者所得到的新禮物或他們得到的新自由。

我知道，因爲馬爾谷告訴我，那個往生男孩的兩個姊姊，瑪利亞*和瑪爾大，在聽說了瘸子能走路和瞎子能看見的事情之後，就開始跟著我兒子。我知道她們什麼事都願意做。她們無助地看著她們的弟弟走向死亡，像隱藏在地下的伏流，從大平原輕易地流向大海，她們願意做任何事情來引開水流，在平原上挖出曲曲折折的河道，讓太陽曬乾河水。只要能讓她們的弟弟

＊　此處瑪利亞是指伯達尼的瑪利亞。伯達尼位於橄欖山旁，是一個村莊，離耶路撒冷約六里。她的弟弟拉匝祿死亡四天，曾得到耶穌的醫治而復活。《新約》聖經中約略提到六個名爲瑪利亞的女子，本書書名即全書主角瑪利亞，指向的是「聖母」瑪利亞，亦是納匝肋的瑪利亞。不過，作者托賓非但沒讓以第一人稱主述的主角提到自己的名字，也沒有提到耶穌或者其門徒任何一人的名字，以小說敘事技巧讓這部虛構小說的擬眞性更強烈，所有聯想與指涉都來自於讀者的想像與解讀。

活著，她們什麼事都肯做。她們傳話給我兒子請他來，但是他沒有來。那是在我見到他的時候才知道的，如果時間不對的話，他不會受人言打攪，或是聽從熟人的請求，因此他沒有注意到瑪爾大和瑪利亞說的事，她們和弟弟住在一起，陪著他嚥下最後一口氣，化作大海波浪的一部分，走向生命節奏中無可避免的環節。在那些日子裡，當河水慢慢地有了鹽的味道，她們將他埋了，而他躺在地下，很多喜愛過拉匝祿和認得他兩個姊姊的人都到家裡安慰她們。很多人說話和哀悼。

然後他們聽說那群人來了，像嘉年華會一樣，很多不滿現狀的人和算命的人跟在後面。瑪爾大走到街上去把她弟弟的死訊告訴我兒子。她見到他，卻只得到他和他周圍的人沉默以對，她叫道：「如果當時你在這裡的話，他就不會死了。」她本來還想再說下去，但是停了一下，因爲她看見他有多難過，也知道他了解，似乎他了解拉匝祿的受苦和死亡簡直是一件任何人都無法承受的巨大傷慟。現在更是一個無法去除的重擔。

持續沉默一陣子之後，瑪爾大在衆人傾聽之下又開了口。她說得很小聲，但她的話每個人都聽到了。悲傷和絕望使她的哀求聽來像是挑釁。

「我知道，」她說：「即使現在他已經入土四天了，你還是有力量使他復活。」

「他會復活，」我的兒子回答道：「和全人類一樣，等時間到了，等到大海和鏡子一樣地平靜。」

「不對，」瑪爾大說：「你現在就有力量這樣做。」

然後她告訴我兒子其他人也跟他說過的話，說我兒子不是和我們一樣的凡人，她相信他是神的兒子，以凡人的姿態被派來人間，但他不是凡人，他有力量，他正是我們在等著的那個人，會是天上和地下的王，說她和她的妹妹也跟其他有福之人一樣認知他，如同他們現在認知他一樣。爲了她的弟弟，她伸開雙手，很大聲而簡單明瞭地說他就是神的兒子。

當瑪爾大見到瑪利亞回到墳前哭泣時，她們兩個去找我的兒子告訴他說他有那種力量。在她哭的時候，他也哭了，因爲他從小就認得拉匝祿，並且像我們所有的人一樣愛他，在他陪同下，她來到新蓋上土的墳墓之前，聽到一陣低語由後方的人群中傳出來。有人大叫說既然他能醫好病人，能使瘸子走路，瞎子能重見光明，那麼他也可以令死者復活。

他沉默地在那裡站了一陣子，然後用耳語般的聲音命令他們挖開墳墓。瑪爾大驚叫出聲，害怕她的要求會實現，哭喊道她們已經受夠了苦，那具屍體在入土那麼多天之後已經腐爛發臭。但是我的兒子堅持己見，人群站在一邊看著墳墓挖開來，移除了覆蓋在拉匝祿身上的軟土，等到可以看到屍體的時候，大部分旁觀者都害怕地躲了開去，只除了瑪爾大、瑪利亞和我的兒子，他大聲地叫道：「拉匝祿，出來。」人群漸漸地回到墳墓附近聚集，就在這時候鳥鳴停止了，所有的鳥都不再飛舞空中。也就是那時候，瑪爾大相信時間停頓了，在那兩個鐘頭裡，沒有東西生長，沒有東西出生或成形，沒有死亡或任何形式的凋蔽。

慢慢地，那個被塵土弄髒而裹了很多層裹屍布的人體，在巨大的不確定氛圍中，開始在他們替他準備的地方活動。好像在他腳下的大地正在推他，然後在他仍然忘卻一切的時候又擠了他一下，使他像某些新生的生物一樣搖擺著迎向生命。他被大幅的布纏住，臉上還蓋著一塊手巾。現在他像個孩子似地在子宮裡轉身，他轉身是因爲他知道他的時間已經到了，他必須掙扎著進入這個世界。「解開他，讓他走。」我兒子說道，只見鄰居兩個人走上前來，站在墳墓裡，在衆人既驚又怕的靜默中，他們扶起拉匝祿然後解開他身上的布。他站了起來，只有一塊布圍在腰間。

死亡並沒有改變他。他的兩眼一睜開，他極其古怪地望著太陽，然後看著太陽旁邊的天空。他好像沒有看見那一群人，他發出一些聲音，但不像是說話、哭泣或低聲喊叫，然後人群退開讓拉匝祿由他們之間走過，經過他們身前，他誰也不看地由兩個姊姊帶他回家。四周一片沉默寂靜，而我的兒子，後來有人告訴我，也沉默無聲地看著拉匝祿開始哭泣。

起先他們只注意到淚水，然後在他兩個姊姊溫柔地帶他回家時，他的哭聲在小路上變成嚎叫。一群人沉默地跟著，嚎叫聲越來越大也更淒厲。當他們到了家門口，他幾乎走不動了。他們消失在房子裡，關起窗子擋住火熱的陽光，那一天他都沒再出現，雖然還有人在外面等了好幾個鐘頭，甚至當夜色降臨，還有人等了一整夜，甚至等到清晨到來。

· · ·

在加納的最初幾天，感覺有股奇怪的氣氛。我注意到那裡的攤子和攤販所陳列的貨品都比以前多出很多，不僅是食物和衣物，還有烹調用具和門鎖。也有人販賣小動物——猴子、鳥類，像叢林裡的鳥，那些漂亮的生物有著紅色、黃色和藍色等等，我從來沒有見過的亮麗顏色，吸引了一大群人圍觀。攤販和路人也有些變化，好像身上卸除了重擔，很多人呼來叫去，也有人在街角捧腹大笑。在我婚前常去耶路撒冷趕集的日子中，那裡總給我一種沉重的感覺，好像每個人都是一本正經，或是準備要過安息日。但是在加納充滿了高昂的聲音和飛揚的塵土，以及淘氣的笑聲，年輕人笑得毫無節制，空中滿是口哨聲和喝倒采聲。一等我的表姊米黎盎和我走進門裡之後，她就告訴我發生在拉匝祿身上的事，說現在都沒人敢經過那棟房子，就是他和他兩個姊姊住的地方，而寧願走過街去，還有她相信他躺在一個黑色房間裡的床上，聽說他只能勉強吞點水，吃一些在水裡泡軟的麵包。那一大群人走了，她說，有更多的小販、商人、賣水的，表演吞火的以及供應便宜食物的人，全都被官方狠狠盯住，他們有些化了妝，有些則公然地跟著他們，然後很快離開到耶路撒冷去，搶先報告新的暴行、新的奇蹟，還有一些新的違法事件，維護那些偉大法規和法律，也是爲了討好羅馬人。

米黎盎傳話給我兒子說我人在加納，他傳話回來說他會來參加婚禮，而且他會坐在他母親身邊。到時候，我想，我們可以說話。我保持平靜。我在旅途勞頓之後又聽米黎盎一再重複說拉匝祿的故事，我一邊打瞌睡，終於沉沉睡去。我準備好要和我的兒子談談，也準備把他留在米黎盎家裡避風頭。趁有其他大事發生後，我們就可以悄悄地回到納匝肋。在婚禮前一天晚上，我注意到米黎盎家四周的街道，平常入夜後都安靜無聲，現在卻充滿了腳步聲和人聲。我整夜都聽得到，有人毫不害怕地走動，又笑又說，或是彼此叫著，或是假裝打架或是開玩笑地爭吵，然後在街上跑來跑去。

也就在那天晚上，在我們睡覺之前，有人來到這棟房子，近乎歇斯底里地帶來和新娘有關的消息，她收到的豐厚禮物，還有她要穿的衣服。他們討論了很多關於新郎家族的事，包括協議書和傳統儀式等等。我沒有說話，但是我知道有人在注意我，而且我感覺到那些人是來打探我的，要確認我在這裡。一旦可以離開的時候，我就到廚房裡去幫忙。我拿著托盤回去收杯子時，先在門口站了一下，站在沒有人注意到我的陰影裡，我聽到米黎盎和另外一個女人又在講拉匝祿的事。

我很震驚聽到兩個實際上不在現場的人這樣說。後來，當我和米黎盎獨處時，我問她那天是不是在人群之中，她微微笑地說她不在，但是根據幾個親眼看見的人描述的細節。她看見我的表情，於是轉身走到窗前，關上百葉窗，靜靜地對我說。

「我知道拉匝祿死了。也不懷疑他已經死了。還有他被埋了四天。我一點都不懷疑。然而他現在是活著的，明天還會來參加婚禮。還有一件新的怪事；沒有一個人，我們之中沒有一個人，知道下一件會發生的大事是什麼。有人說他會反抗羅馬人，或者要對付教師。也有人說是羅馬人要推翻教師，其他人說全是教師在幕後主導，然而也可能根本沒有什麼動亂，或者是像我們早就知道的那樣，一個人推翻全世界，包括死亡在內。」

她又說了一遍：「包括死亡在內」。話裡的力量使我無法動彈。

「包括死亡在內。」她再說了一次：「拉匝祿也許只是第一個。但是他現在在他自己家裡活得好好地，我可以和妳打賭，一個禮拜以前他已經死了。也許這就是我們在等著的，也許就是這群人爲何來到這裡，並且在夜裡喊叫的原因。」

・・・

第二天早上在廚房裡聽到消息說瑪爾大、瑪利亞和拉匝祿要先到米黎盎家裡來，然後陪我們去參加婚宴。我們聽說拉匝祿仍然很虛弱，而他的兩個姊姊已經注意到一般人有多麼怕他。「他生命的祕密，我們沒有一個人能了解，」米黎盎說：「他的靈魂曾經植根在另一個世界裡，大家都怕他會說些什麼，說他的所見所聞。連他的兩個姊姊也不想單獨和他到婚禮上去。」

我很用心打扮。那天很熱而房子裡又很黑，我們在又悶又潮濕的空氣中緩緩移動。米黎盎和我好幾次發現只有我們兩個在房子的主屋裡，彼此都很不自在，但是我們並沒有從椅子上起身，也沒說話。我們都在等客人來。有幾次我們聽到聲音，緊張而害怕地對望一眼。我們兩個都不知道等瑪爾大與瑪利亞帶著她們的弟弟進到這個房間裡來的時候會發生什麼事情。然後，隨著時間過去，我們的心情越來越緊張。最後，在寂靜、悶熱和沉默之中，我打起瞌睡來，等我醒來的時候，米黎盎站在我身邊低聲地說：「他們來了，他們終於到了。」

兩姊妹看起來比我以前見到她們時還要更美。當她們走進房裡沉靜地向我靠近時，她們眞實、優雅而且極具魅力。彷彿她們因爲有過的經歷而獨特、與衆不同，從姿態到深邃的微笑，表露無遺。當她們兩個走向我的時候，我了解到她們打從心裡認爲一切與我有關，所以她們想要碰觸我、擁抱我、感謝我，彷彿是因爲我所以她們的弟弟還活著。

她們的弟弟站在門口，然後悄悄地走進房間。當他看見我們所有人向他走去，那一瞬間，就在那一瞬間，機會來了，那是我唯一的機會，我也認爲是在場所有人唯一能問他的機會。房間半黑，空氣不流通，還有我們所有的人，我們這四個女人，都知道對於不該說的事情我們要保持沉默。在那幾秒鐘裡，我們之中每個人都想問他，他去過的那個滿是靈魂的大洞穴是什麼樣子。那是不是一個很大的地方，一片漆黑，還是有光？人是清醒的，還是在作夢，或是在沉睡？那裡是否有水滴，或是嘆息，或是回音之類的聲音？他認不認得誰？他有沒有見到那一位我們都愛的母親？當他在那個地方遊蕩時他記不記得我們？那裡有血與痛苦嗎？那裡是否景色單調，顏色黯淡，還是滿目紅色，有著懸岩，或是森林，還是沙漠，或是無法穿越的迷霧？有人害怕嗎？他想不想再回到那裡去？

拉匝祿站在那暗黑的房間裡，又嘆了口氣，好像有什麼中斷了，我們的大好機會就這樣過去了，也許再也回不來了。米黎盎問他要不要喝點水，他點了點頭。他的兩個姊姊帶他到一張椅子前面，他一個人坐著，完全與世隔絕。他似乎用他僅有的一點精力深入探索自己，也靠那點留給他自己的精力，在白天和夜間保持清醒，他的兩個姊姊是這樣說的。

在我們準備參加婚禮的時候，他沒有說話。我們實在很難不注意看他，因爲他要靠他的兩個姊姊幫助才能移動，好像他的靈魂裡仍然充滿因爲死亡所帶來的驚人體驗。像是一瓢甜美的水卻裝得滿到邊上，本身就非常沉重。我一直注意著卻又想轉開眼神，完全沒有去想接下來的事，一直到我們接近婚宴所在的那棟房子，看到一大群我雖然認得卻跟婚禮毫無關係的人，不僅有我以前見過的小販和商人，還有大群大群的年輕人，都在爭吵和叫喊。當我們走近時，所有人都向後退開，群衆慢慢地沉默下來。起先我想是沖著兩個姊姊陪同的拉匝祿。後來我才發現，沉默也是因爲我的緣故，令我覺得自己不應該來到這裡。我不曉得那些人怎麼知道我是誰。覺得他們爲了我退開非常滑稽，是只有在夢裡才會發生的事。可是這一點也不滑稽，反而很嚇人，因爲我看見他們眼中混合著尊敬和恐懼的表情，於是我低頭看著地下，假裝我什麼人也不是，和朋友一同走進婚宴會場。

我馬上被帶離了其他人，來到一張放在隱蔽處的桌子前面，讓我坐在似乎正在那裡等我的馬爾谷身邊。他告訴我說他不能留下來，說現在被任何人看見我們在一起就很危險，他指著一個看似偶然地站在入口的人，我們進來的時候想必走過他面前，可是我沒有注意到他。

「注意他，」馬爾谷說：「另外還有兩個人，他們能夠輕易來往於猶太人領袖和羅馬人之間，他拿錢做事。他有一片橄欖樹林，佔滿整座山谷，他有很多助理和佣人，還有一個很奢侈的家。他很難得離開耶路撒冷，除非去看他自己的地。他是個毫無顧忌的人。他出生在最窮困的家庭，生長在最窮困的環境裡。他當初之所以能崛起並不是因爲他的聰明，而是他能不留痕跡而且無聲無息地絞死一個人。當年他淨幹這些事，但現在他還做些不同的事。他可以決定該怎麼做，而有人會聽他的。他的判斷冷靜而無情。他之所以在這裡，意思就是你們所有的人如果不夠小心，就會完蛋。你們應該盡快回家去。妳和妳兒子都要。妳和他們監視得最緊的那個人一定要在大宴開始之前就溜出去，要是妳能幫他化裝的話更好。但是你們不能跟任何人說話，也不能停下來，而他必須好幾個月，甚至好幾年都不能離開家裡。這是你們唯一的機會。」

馬爾谷站起身來轉到另外一桌的一群人中間，然後不見了，只有我一個人坐在那裡，知道自己正被門口那個人監視，他在我眼中看起來太年輕，太沒有殺傷力，幾乎很天真，這個人的鬍鬚好像最近才留起來，遮住他削尖的下顎和瘦弱的下巴。他看起來不像會傷害人，除了他的一雙眼睛，會盯住某件事或某個人看得透徹，能把所有的一切看盡，彷彿希望永不忘懷，再看向別處。像是野獸般的盯視，臉上沒有一點聰明的表情，甚至不是冷酷。只是疏離、漠然、粗野。我一時接觸到他的目光，但我轉了開去，好一陣子只看著拉匝祿。

我很清楚拉匝祿就要死了。如果說他回到陽間來，也只不過是向生命再做最後一次的告別而已。他不認得我們任何一個人，只能勉強把一杯水舉到嘴邊，吃著他姊姊用水泡過的麵包。他的手向下伸展，看著他姊姊就像看著人群中某個特定人物。他散發一種極其孤獨的感覺，如果他真的死了四天再復活，他應該經歷過一些我覺得他會害怕的東西，一些他嚐過、見過，或者聽過的東西，使他充滿了最純粹的痛苦，在某種陰沉而難以說出的方式上，令他害怕得難以置信。那是一種他無法與人分享的知識，也許因爲沒有字句可以形容。怎樣才可以說得清楚呢？在我看著他的時候，我知道不論他得到的是什麼，或者他看到的或聽到的是什麼，他都得要將其負載於靈魂深處，如同他的身體要負載他自身黑暗的血肉。

然後那群人來了。我唯一一次看過這樣的情景是麵包短缺的那一年，後來有一批麵包要送來，但還是不夠，想拿麵包得要衝過人群，人群就像一塊堅實的龐然大物。我早已知道我在街上看到的那群人不是來參加婚禮的。我知道這些人爲了誰而來，當他出現時，他比馬爾谷的任何言詞都更令我害怕。

我的兒子穿著華美的衣服，走動起來好像那些衣服本該是屬於他的。他做袍子的料子我以前從來沒有見過，還有顏色，藍得近乎紫色，我也從來沒有看見男人穿過。而且他看起來長高了些，但那只是因爲跟他來的那些人對待他的態度所產生的幻覺。那些和他一起來的人，沒有一個穿得像他一樣，也沒有一個像他一樣容光煥發。他花了一段時間才走過房間，但是他沒有和任何人說話，一路上也沒有停下腳步。

當我站起來擁抱他時，他顯得很不熟，變得很奇怪地正經而拘束，我覺得現在我應該說話，在其他人過來之前先低聲和他說話。我把他拉在我身邊。

「你非常危險，」我低聲說道：「有人在監視你。當我離席的時候你一定要先等幾分鐘然後跟著我走，你絕對不可以告訴任何人，我們必須離開這裡，在下一個鐘點前離開這裡。等新娘和新郎來的時候，我會假裝離開去化妝，那就是暗號。你一定要跟著我。你一定不能告訴任何人說你要走了。你一定要一個人離開。」

我還沒有把話說完，他就已經走開了。

「母親，我與妳有什麼相干？」他問道，然後他放大了聲音讓四周的人都能聽見。「母親，我與妳有什麼相干？」

「我是你的母親。」我說。可是這時候他開始跟別人講話了，高談闊論，講些謎語，用奇怪而高傲的語句來形容他自己和他在這個世界上的工作。我聽到他說——我當時聽到也注意到他說這話時周圍有多少人向他行禮——我聽到他說他是神的兒子。

當他坐下的時候，我想他是不是在考慮我剛才低聲跟他說的話，如果新娘和新郎出現，我是不是該採取行動然後等他，但是慢慢地，在我們等著的時候，有越來越多的人來碰觸他，直到外面還有多少人的消息傳來，我就知道他根本沒有在聽我說話。那時候在興奮的氣氛底下，他什麼人的話都聽不見。當新娘和新郎進來、眾人開始歡呼的時候，我必須決定我該怎麼做。我決定我現在應該和他一起留下，再等另外一個機會；也許等到夜裡或是清晨，只有他一個人而不會驚動別人的時候。然後當我再看著他的時候，我才驚覺自己一副警告他的表情，好像我比他知道得多的樣子，這樣的我有多麼的無知、愚蠢、懦弱而所知有限。那時候我只希望馬爾谷沒有走，但是在我望向門口的時候，就知道他爲什麼要走了——那個人，那個會絞殺人的傢伙就站在那裡，並且多出兩三個看起來比他壯得多的人，而他在指著人群中的一些人。一時之間他抓住我的目光，我當時比聽到神的兒子這句話還要害怕。我知道我並沒有錯過把我兒子帶離這個地方的機會，而是從一開始我就沒有過這樣的機會。我們全都完了。

我吃得不多，也不記得吃了些什麼。雖然我兒子在我旁邊坐了兩個多鐘頭，我們卻沒有說話。現在想起來覺得奇怪，但是當時並不會覺得我們之間的沉默有什麼怪異之處。當時的氣氛非常熱烈，而且越來越歇斯底里，加上外面傳來的叫喊聲，使得兩個人之間的談話都像是掉落地上的殘渣。正如拉匝祿身邊有一股死亡的氣息像衣服似地包裹著他每一處，無人能夠穿透，我兒子也一樣有一種生命之光，像起風日子裡的朗朗晴空，或是一棵長滿成熟果實卻尚未收成的樹，一種難以想像的精力，像上天的贈禮一樣。他早已經不是我記憶裡面在天剛亮起的早晨，看起來最快樂的那個孩子或者少年。那時他既美又嬌弱，而且有好多的需要。現在他一點也不嬌弱，完全長成了一個大男人，充滿信心而且散發著光芒，不錯，像光一樣的明亮，所以在那幾個鐘頭裡，我們之間沒什麼好說的，如果我要說些什麼，那就會像對著一顆明星或是一輪皓月說話。

其中我注意到有更多的人來到宴會上，似乎所有的注意力都集中在我們這一桌而不在新娘和新郎坐的那一桌上。我注意到瑪爾大和瑪利亞帶著拉匝祿出去，疼愛著他，幾乎是抱著他，我注意到那個絞殺人的凶手還在那裡，但是我很小心翼翼地不接觸他的目光。然後有人叫著說酒喝光了。有一群人直朝我們這桌走來，一副很興奮的樣子，臉上流露出信任和哀求的表情，聲音中有著一些輕微的歇斯底里。大部分人都開始喊著說沒有酒了，有一些人甚至將注意力轉到我身上，好像我能怎麼樣似的。我瞪了回去，等他們叫得更大聲時，我假裝沒聽見，我也許還喝了一點酒，但是我根本不在乎是不是還有酒剩下來。我其實覺得站在我們桌子前面的那些人都已經喝得夠了。可是我兒子站了起來對他周圍的人說話，要他們把六個裝滿了清水的石頭水壺拿給他。奇怪的是那些水壺飛快地被拿進房間。我不知道那些壺子裡裝的是水還是酒，不過第一壺裡確實裝的是水，但是在所有的喊叫和混亂之中，沒有人知道怎麼回事，直到他們開始大叫說他把水變成了酒。他們請新郎和新娘的父親前來品嚐新酒，有人說當主人的把好酒留到最後是多麼奇怪又不平常的一件事。然後響起一陣歡呼，所有在宴席上的人都開始拍手叫好。

不過沒有人注意到我並沒有歡呼。但是在我們四周一片嘈雜聲中，我也被包含進去，好像我的在場也有助於把水變成了酒。等到這件事平靜下來，大部分的人都回到他們位子之後，我決定要再說一次，我要用更迫切的語氣，再說一遍剛才說過的話：「你現在非常危險。」我開始說道，但是我馬上明白這話沒有用，我想也不想地站了起來，好像我只是離開一下，馬上就要回來。我離開了宴會回到米黎盎的家裡。拿著我的東西回到納匝肋。

我當時想這就是最壞的情況了，因爲我走到可以找車回家的地方，馬上就看到那裡沒有車在等。那裡也無人可問，也沒有遮風避雨的小亭子。那裡是我唯一知道的地方，雖然太陽很熱，我也只好等著。過了一陣子我站在一棵枝葉稀疏的小樹下找遮蔭，又過了好一會兒，但是等雨來的時候卻無法遮擋。天本來很藍，而且很熱；現在卻突然完全變了。大雨傾盆而下，風也颳了起來。那裡無處可躲，我只好盡我所能，把自己裹得緊緊的縮在樹下。我等了好久，別人慢慢地也靠過來了，但雨一直不停，還打起雷來。他們說會有車來，沒有其他地方可等。我留在那裡，渾身被雨淋得濕透，我別無選擇。我知道有乾的衣服在我包袱裡，希望等雨停了之後可以換上。但是我得等到過了夜晚。那裡有個賣吃食的人，所以我還不至於挨餓。一切漸漸平靜，我換了衣服而且睡了一陣，一直聽到聲音才醒來。有動物的叫聲，和其他旅客的聲音，我們預計在天亮之前出發。我不知道等我回家之後我該怎麼辦，出發的時候，我覺得自己別無選擇。可是當我從桌子邊站起來的那一刻開始，我感覺自己可以有所選擇——我可以回去。

在路上我想要回去，叫他們停下來，然後等著，等下一班車帶我回去我逃開的地方。爲了什麼？做什麼？也許我在那裡就可以看見別人所看見的。也許可以守在他旁邊，如果他們讓我陪著他的話。什麼也不問。只是看著。

知曉一切。我不知道該怎麼說。但是甚至就在我們出發的時候我已經讓這想法湧上來。我們走了一段時間之後我覺得我該有所決定。在一個站牌處我看見一輛可以帶我回到那個地方的車子遠遠開來，我看著車子開過來決定不招手。我最後決定要完成我已經開始的回家旅程。

・・・

我以爲等我回去之後一切會很平靜，不受打擾。我盡我所能地把我看到和聽到的一切都拋在腦後。我的日子過得很輕鬆，像平常一樣在早晨祈禱。我每天出去一次，打水和餵養家畜家禽，照顧園子和樹木，每隔幾天再走遠一點以確保我有足夠生火的柴薪。雖然我需要的不多。明亮的時候我獨自一個人坐在房子裡的陰暗處，我不回應任何訪客。甚至連從猶太會堂來的三位長老叫了好幾次我的名字，用力地敲我的門，我也沒有理會。等天黑了我會躺在床上，有時就這樣睡著了。漸漸的，雖然我獨自一人，我卻知道這房子被人盯上了，我在餵養山羊或雞隻時也受到注意和監視。當我去提水的時候，站在井邊的人看到我走來都會閃避一旁，讓我提著水桶穿過，默不作聲地等我轉身回家。當我溜進猶太會堂時，女人會閃開讓我過去，很小心地不坐在我附近。不過還是有幾個女人跟我說話，我也聽到一些消息。那是一段很奇怪的日子，其間我試著不去想，或是想像，或者作夢，甚至是回憶，那些念頭不請自來，而且與時間有關——時間會讓一個毫無防備能力的嬰兒，成爲一個有恐懼、缺乏安全感和一點點殘忍的小男孩，再據此長成一個有他自己言語和思想以及祕密感受的年輕人。

然而時間也創造了在加納的婚宴上，坐在我身旁的那個人，他不理會我，不聽任何人說話。他充滿力量，一種遺忘的力量，似乎對過去幾年毫無記憶，那時他曾經需要我的乳房吃奶，需要我的手扶他才能學走路，或者需要我的聲音哄他睡覺。

但是，這股力量之所以奇特，在於我比他尚未擁有這股力量的時候，更加地愛他，更想要保護他。這並不是因爲我能看穿或是不相信他的力量。也不是我仍然把他看作孩子。不是的，我看到這股力量已然堅固成形，我看到那力量似乎沒有來歷也不知從何而來，可是我在睡夢中和清醒時都更加想要保護他，我感到一種恆久的愛，爲了他存在，無論他變成什麼樣子。我自認不太聽人閒話，但是我必須聽那些在街上或在井邊的人所說的話，因爲我聽說那些跟隨他的人上船出海了。他們坐船出航正是我兒子在山裡消失的時候，也是他不想再跟他的追隨者在一起的時候，他不僅如我要求他那樣地離開了我，甚至開始一個人獨處，想必他也看到了那些跡象和危險。我聽說他的那些追隨者坐了一條舊船出海，爲了一些他們自己才知道的原因航向葛法翁。天黑以後，海上突然掀起狂風巨浪；風吹著裝得太滿的船，四面八方吹來的風讓船裡進了很多水，前後搖晃使得所有的人都以爲他們要淹死了。我聽說就在這時候他出現在他們身邊的月光下，或是我鄰居說得不淸不楚，而他眞的走在水上，好像那是一塊平滑又乾燥的地面一樣，而他用他的力量平息了風浪。他做的事是別人做不到的。想必還有很多其他的故事，也許我聽到的這個只是一部分，也許還有別的事情發生，也許根本沒有風浪，也許他平息了風浪。我不知道。我也不去想這件事。

我知道那天我站在井邊，有個女人過來說只要他願意他可以毀滅這個世界，或是讓東西長兩倍大，我只知道我連水壺都沒裝水就轉身離開，走回家去，直到第二天再來。我像活在一陣等待的霧裡，試著不去想也不去記得。我很快地在房子的四壁之間，或園子裡，或田地裡走動著。我不需要多少營養。有時候鄰居會在井邊牆上的鐵勾掛食物，我會等夜裡才去拿。有一天晚上的敲門聲比平常大而急，而且有一個男人的聲音在叫喊。我聽到鄰居們聚集在路上，對那個人說裡面沒有人。那個聲音問那是不是我兒子的房子，而我是不是住在裡面，鄰居們告訴他說是的，但是房子現在是空的而且上了鎖，已經有一陣子沒人住了。我站在門裡仔細聽著，幾乎不敢呼吸，不走漏一點聲音。

我等了好幾個禮拜。有時我的確聽到一些消息。我知道他沒有再到山裡去，我也知道拉匝祿還活著，而且眞的成爲每個井邊、每個街角，每個人潮聚集之處熱烈討論的話題。我知道有人等在拉匝祿家的門口，只爲看他一眼，所有的人都不再害怕他。對那些聚集在一起說閒話的人來說，這正是大好時機，多的是謠言和新聞，也多的是眞實事件和極端誇大的故事。我大部分時間生活在沉默之中。但是那股狂熱仍在空氣中蔓延，也就是死了的人可以復活，水可以變酒，還有海上的風浪可以由一個行走在水面上的人平息下來。這些世間的大多紛擾如同可怕的迷霧或溼氣進入了我所居住的房間。

．．．

馬爾谷來的時候，我正在等他。我聽到他敲了一陣門，然後又聽到他問一位鄰居我在哪裡。我爲他開了門，天漸漸黑了，可是我沒有點燈；我已經有一個多月都沒有用燈了。我請他坐在桌子邊一張椅子上，然後請他喝水和吃水果。我要他把能說的都告訴我。他說他只有一件事跟我說，要我準備聽最壞的消息。他說他們對這種情況已經有所決定。他停了一下，我以爲我的兒子會被罰或受命不得再出現在公共場合或再說話。但是我起身走向門口，不知道是什麼原因，好像要離開這棟房子，這樣就不必聽到他即將要對我說的話了。但是我還來不及走到門口。他冷冷而堅定地開了口。

「他們要把他釘死在十字架上。」他說。

我轉過身來，從他的話裡我知道只有一個問題可問。

「什麼時候？」

「時間不久了，」他說：「他正在往權力中心的路上，而且追隨他的人甚至更多了。官方知道他在哪裡，隨時都可以把他抓起來。」

然後我發現自己問了一個愚蠢的問題，但這個問題我卻不能不問。

「有什麼辦法可以擋得住這件事嗎？」

「沒有，」他說：「可是妳必須在天亮之前離開這棟房子。他們會找到所有追隨他的人。」

「我又不是追隨他的人。」我說。

「我跟妳說他們會來找妳，妳一定要相信我。妳一定要離開。」

我仍然站在那裡，我問他說他會怎麼做。

「我會現在就離開，不過我可以給妳一個地址，讓妳可以很安全地待在耶路撒冷。」

「我在哪裡會安全？」我問道。

「妳暫時待在耶路撒冷會很安全。」

「我的兒子在哪裡？」

「離耶路撒冷不遠。釘十字架的地方已經選好了。離那個城市不遠。如果他還有任何機會的話，也就只有在那裡了。不過他們告訴我一點機會也沒有，早就沒有機會了。他們一直等著釘死他。」

有一次我看過他們把人釘死在十字架上，是羅馬人處置他們一個自己人。我離那裡很遠，我記得當時我在想那一定是人類所能想像出來最卑下也最可怕的行爲。我記得我當時也想過，我已經老了，而且越來越老，希望在死之前都不要再看到像那樣的事。那件事一直留在我心裡，即便只是在遠處看見，都讓我戰慄不已，也試著去想另外一件事來抹殺那份記憶，那是說不出口的影像，也是巨大而暴烈的殘忍。但是我不知道實際上那個受刑人會怎麼死或是會拖多久，當受刑人掛在上面的時候，他們會不會用長矛對付他們，或是折磨他們，還是有別的折磨，譬如酷熱的太陽，會使人無法呼吸。在我生活中所有想過的事裡，這是離我最遠的一件事。那和我沒有關係，而且我相信我永遠不會再看到這種事，或是跟這種事有任何牽扯。現在我卻發現自己在問馬爾谷，一個人能在十字架上多久，好像它一點也不離奇而且是很普通的事情。他回答道：「也許幾天吧，不過有時候是幾個鐘頭。看情形而定。」

「看什麼情形？」我問道。

「不要問，」他說：「妳最好不要問。」

然後他就離開了，一面道歉說他不能陪我一起去，如果還有什麼事是他可以做的，他也需要和我保持距離，只能私下幫我。他建議我穿上斗篷，小心行動而且在旅行的時候絕對要注意不能被人跟蹤。在他離開之前，我請他再等一分鐘。他這樣的匆促，還有他處理這件事一副公事公辦的態度讓我有些不安。

「這一切事情你是怎麼知道的？」我問他。

「我有線人，」他嚴肅地，幾乎有點得意地說：「一些安排得很好的人。」

「事情已經決定了嗎？」我問道。

他點了點頭。我突然覺得如果我能再想出一個問題來問，再想出一件事來說的話，事情就會有轉圜和軟化的可能。他等在門口看我現在要說什麼。

「如果我現在去耶路撒冷的話，我能找到他嗎？」我問道。

「在我給妳的那個地址上，」他回答道：「他們知道的會比我多。」

我差一點問他那我爲什麼該相信比他知道得多的那個人，但是我看見他在門口遲疑的樣子，甚至在他最後離開前的一秒鐘，我覺得還有一件事是我該問或該說的。還有一件事。可是我想不出來。然後他走了，也許是因爲從來沒有人在這棟房子裡停留過那麼久的緣故，他走了之後留下一股純然不安的味道。我一個人在那裡坐得越久就越有那種感覺。不知道什麼原因，我就是不該到他給我的那個地址去。我應該回到加納，去找米黎盎，然後我可以找瑪爾大和瑪利亞，問她們我該怎麼辦。

⋯

我依照他交代的穿著方式，加了一件斗篷。非說話不可的時候聲音要放低。我找了一輛開往加納的車子，在別人休息的時候休息，非常小心地不要脫隊，以免其他人注意到我。他們談話的內容比我以前聽到更放得開，批評羅馬人、法利塞人、長老和聖殿本身，批評法律和新聞，女人的意見不比男人少。彷彿活在一個新時代裡。接著話題轉到我兒子和跟隨他的人，他們所能行使的奇蹟，以及現在有多少人只要找到他們，就會不要命地追隨他們。

這已經對我造成了負擔。有時候我忘了這些事，然而，我發覺無論我怎麼想，結果都是一樣，我一步步接近的眞相，會像一隻被獵殺的動物般撲向我。它將如此地發生，突然且令人震驚。然後漸漸地放慢節奏，不知不覺地潛入我的意識，像有毒的東西沿著地面爬進我心裡。旅途中某一天夜晚，我走到外面星光滿天的夜空下，我一時竟然相信很快地這些星子將不再閃爍，未來的夜晚會是一片漆黑，這個世界也將經歷一個極大的變化。然後我很快地領悟出來，這個變化只會發生在我和少數幾個認得我的人身上，未來也只有我們仰望天空時，會先看見黑暗才看見光亮。那些閃亮的星星都帶著虛假而嘲弄的意味，或許星子也和我們一樣，成了留在原地的殘渣，同樣對夜晚感到不知所措，所發出的光芒也不過是一種祈求。我當時想必是睡著了。如今等待著我的眞相卽將向我襲來，不論淸醒或是在夢境，將佔據我所有的思想。

・・・

米黎盎早已聽說各種謠言，我到那裡的時候，從她眼中的恐懼就知道她不會把那些事情告訴我。我告訴她說我已經知道了。這正是我來的原因。但她看起來依舊十分不安。我站在那裡時門已經半開，她卻一直沒有離開房子的大門口，我突然想到她不打算讓我走過她站的地方，事實上，她擋住我，不讓我進去。

「妳知道些什麼？」我問道。

「我知道，」她說：「他們在抓他的朋友和所有追隨他的人。」

「妳害怕嗎？」

「如果是妳，妳不害怕嗎？」

「妳希望我離開這裡嗎？」

她毫不退縮。

「是的，我是這麼想。」

「現在？」

她點了點頭。無論從她臉上的表情或者姿態，或是她散發的氣場，那一瞬間我搞清楚了。我發現我即將面對的勢力既凶猛又嚴酷，其黑暗與邪惡超出所有人能理解的範圍。我原本以爲他們會當場在門口就把我抓起來拖出去，讓我從此消失在這個世界。當我理解到這一切，幾乎大哭起來，不過我確定米黎盎會想辦法阻止我。於是我向她道謝後轉身離去。我知道我這輩子都不會再見到她了，我向瑪爾大和瑪利亞的房子走去，準備好再次受到她們的拒絕。

她們正在等我。她們的弟弟再度躺在一間暗黑的房間裡，不能說話。他的睡眠夾雜著呻吟和喊叫。瑪爾大說他在天亮之前發出的嚎叫會讓所有聽見的人靈魂發冷。我把馬爾谷來找我的事，還有發生在我表姊米黎盎家的事都告訴了她們，我解釋說我甚至可能還一直受到監視和跟蹤，所以我可以毫不遲疑地隨時走出她們家的大門。她們告訴我，她們很確定自己的房子受到監視，當中必須要有一個人守在家裡，她們於是決定如果我去找她們幫忙，就由瑪利亞陪我去耶路撒冷。我們兩個人得要在夜色掩護下溜出去。萬一被跟蹤她們幫不上忙，只能自己想辦法。就在這時候我看出了兩姊妹不同之處：瑪爾大告訴我說，她知道會是由比拉多來審問他，然後依大多數人決定要不要放了他，可是長老們已經下了指示，所以她說知道這些也起不了作用。羅馬人和長老們都希望他死，只是都不敢表露出來。

瑪利亞卻說將會有些新的事情發生，使得整個審判和預測都毫無意義。她認爲這世界已走向末日，這些日子就是最後的日子，也是新日子的開始。在她說話的時候，我夢見我們逃出去，逃到哪裡都可以。我夢見我帶著我的兒子穿過人群，他很溫馴，謙卑，而且很奇怪地有些害怕，很小心地走著，兩眼望著地下，他的追隨者都被驅散了。但是那些在廣場上的人來到聖殿，瑪爾大再度宣稱，那些人命令他們大聲地叫喊說，他們情願放了那個叫巴辣巴的強盜而不是我兒子，那些人會聽命行事。我的兒子將不會得到自由。

「他已經遭到拘禁，」瑪爾大說：「而且他們已經決定要怎麼處置他了。」

她們兩個人現在都看著我，很怕說出那幾個還沒有說出口的字。

「妳是說他會被釘死在十字架上？」我問道。

「是的，」瑪爾大說：「是的。」

然後瑪利亞說道：「但是那會是一個新的開始。」

「什麼的開始？」我問道。

「這個世界的新生。」她說。

瑪爾大和我沒有理會她。

「有什麼辦法嗎？」我問瑪爾大。

她們兩人都顯得茫然不知所措，瑪爾大朝拉匝祿躺著的房間那邊點了點頭。

「問我弟弟。我的妹妹說得對。我們要接近世界末日了。」她說：「或者是我們所知的這個世界已經到了末日。什麼事都可能發生。妳一定要去耶路撒冷。」

⋯

我們在城裡找到住處。每當有人擦身而過，或者看到一群群我永遠不會跟他們說話的人時，或者我永遠不會認識的人，我不禁感覺好詭異，想想我們看起來都一樣，或者外表都一樣，在同一個地面上活動，說同樣的語言，但是想法完全不同，他們沒有一個人知道我的感受，也沒有什麼可以共享。他們看來全然疏遠而陌生。我很訝異沒有人能一眼看穿我身上背負的重擔，想必在每一個看得到我卻不認得我的人眼中，我十分地平凡，能把所有事情藏在心裡。

我發現我們住的那間房子裡全是跟隨他的人，都還沒有被抓起來，他們吩咐瑪利亞把我帶到這裡，她向我保證我會受到保護，她說雖然看起來不是那麼回事，但是這棟房子很安全。我問她怎麼知道，她微微一笑，說他們需要我這個證人。

「誰需要？」我問道：「作什麼證？」

「不要問。」她說：「妳一定要相信我。」

我們到的第一個晚上，門就被一個多年前到過我們納匝肋家的男人給上了鎖；他看我的眼光很冷漠而且充滿了懷疑。

我的兒子已經受到拘禁。成了真正的囚犯。在那棟房子裡我與跟隨他的人共處，他們也都覺得是他讓自己遭到囚禁，這是將要發生在這個世界上的一次重大救贖中，早就計畫好的一部分。我問他們這次救贖是否意味著他將不會被釘死在十字架上，他將會獲得釋放，但是他們所有的人，包括瑪利亞，一旦跟他們聚在一起的時候，都開始說著數不清的謎樣的話語。我知道我所問的問題都不會有直接的答案。我又回到那個世界裡，到處都是愚者、起鬨的人、不滿現狀的人、口吃的人，他們都有點歇斯底里，甚至還沒說話之前就興奮得幾乎喘不過氣來。我還注意到在那一群人當中有著階級之分；比方說，當有人開口說話時，就有人在聽；或是只要有誰在場大家就會特別安靜；或是有幾個坐在長桌上位的，還有些人不理會我在不在；也有人彎著腰像馴良動物似地向進出房間的女人要食物。

・・・

第二天我們所有的人離開了那棟房子。其中一個，就是現在還到這裡來的那個男人，負責照看瑪利亞和我。他告訴我們說隨時跟在他身邊，不要與任何人說話。我們在清晨穿過狹窄的街道，最後來到一個擠滿人的巨大空間。「所有這些人，」照看我們的人說：「都是聖殿付了錢的。他們之所以到這裡來是爲了等時間一到，大聲叫著要放掉那個強盜。比拉多知道這件事，廟方也知道這樣做會成功，很可能甚至連那個強盜自己都聽說了。這是我們救贖的開始，爲這個世界帶來一個偉大的新黎明。一切都已經安排好了，正如大海和陸地早已經安排好了一樣。」

等他說完這番話時我已經走得累了，有一隻鞋子讓我的腳很痛。我閉上眼睛仔細傾聽，注意到他的聲音和語調似乎有些不一樣；我覺得他說的根本不是心裡想說的話，而是把學來的那一套照本宣科，因此覺得這一切更真實也更動人。

很難說廣場上的一切都是預先安排好的，但是當時的確有種和加納的街道以及婚禮完全不同的氣氛——沒有人突然叫喊或是情緒波動，感覺不到有一群好奇的民眾聚集。在廣場上的人都老得多，來的聚眾人數也少得多。好像沒有一個人認得我們，不過話說回來我們站在陰影裡，瑪利亞和我，盡量表現出一副這裡是我們會來的普通地方，或者說我們和照看我們的人也是他們安排的一部分。

起先我聽不見由廣場對面大房子陽台上傳來的話，甚至於很難看得清楚。我們只好從陰影中走到太陽下，擠進人群裡。說話的是比拉多，四周的人都在喃喃地說著他的名字，他每一句話都叫得很大聲。

「你們告這人是爲什麼事呢？」

所有的人齊聲回答。

「這人若不是作惡的，我們就不會把他交給你！」

接下來的一刻我沒聽見，因爲有人把我推到一邊，而我們周圍說話的人太多，但是瑪利亞聽到了，她告訴我是怎麼回事。比拉多要群衆把犯人帶走，按照猶太的律法審判他。

比拉多仍然獨自站在陽台上，兩名官員站在一邊。現在我聽到群衆的回應，因爲聲音很響。

「我們沒有殺人的權柄。」他們說。會說出這樣的話，顯然地，我們所見證的每一刻眞的是老早就安排好了。我沒想到居然會發生這種事。然後比拉多不見了，四周興起了一種新的感覺，所有說話的聲音全都靜止了，在我們一起往陽台的方向望去時，我感受到一絲新的氣氛，我感受到人群中有股渴血的感覺。我在那些人的臉上就看得到，他們咬著牙，兩眼露出興奮的光芒。有些人的臉上是一塊黑色的空洞，他們要把那裡塡滿殘酷、痛苦、以及別人的哭喊。一旦他們得到允許去取得後，現在只有惡毒的東西才能滿足他們。他們已經從一群聽命行事的群衆，變成了一堆只有痛苦的尖叫、撕裂的肌肉和斷碎的骨頭才能饜足的暴民。

當時間過去而我們站在那裡等著的時候，我注意到這種饑渴像傳染病似地擴散開來，最後影響到每一個人，正如鮮血由心裡面湧出，毫不留情地流到身體的每一個部位。

等比拉多再度出現的時候，他們注意地聽著，但是他說的話並沒有什麼兩樣。

「我查不出他有什麼罪來，」他說：「但你們有個規矩，在逾越節要我們給你們釋放一個人，你們要我給你們釋放猶太人的王嗎？」

人群已經準備好了。他們大聲回應：「不要這人，要巴辣巴！」然後那個強盜巴辣巴走了出來，在群衆讚許的歡呼聲中獲得釋放。然後有人從某個地方發出叫喊，在前面的人好像能看到什麼我們看不見的東西，在人群一陣混亂與不耐煩之中，更多的人擠進廣場裡，使得我們不能再往旁邊站而得要靠向中間，我們三人擠在一起，什麼也沒說，盡量不引人注意。廣場上每個人的注意力都集中在那個陽台上，他們知道馬上會有什麼事發生，等待更大的滿足。

時刻到了，人群發出一陣驚叫，起先是一陣驚喜的叫聲，但是其中也包含了震驚和某種不安，逐漸變成更多的奢求和渴望，那陣驚叫變成了嘶叫、狂喊、歡呼與尖叫聲，因爲我的兒子在陽台上，他走了出來，血流滿面，一件用荊棘做的東西壓在他頭上一側，身上穿著一件紫色的王袍，看來像是披在他的肩膀上，我明白他的兩手被綁在身後。他四周都是士兵。那些士兵推著他在陽台上走動，群衆開始又笑又叫。我由他被推擠的反應就知道他遭遇過一些可怕的刑求。他似乎已被打敗，幾乎已經認命的樣子。比拉多再度開口時，群衆開始打斷他的話，但是他命令大家安靜。

「你們看，這個人！」他說道。

我注意到站在前面和人群四周的大司祭們開始帶領那些人喊著說：「釘他十字架，釘他十字架！」比拉多再次要大家安靜。他走到我兒子身邊扶住他，不讓士兵們推他。他對司祭長叫道：「你們自己把他釘十字架吧，我查不出他有什麼罪來。」一名司祭長叫道：「我們有律法，按那律法他是該死的。因爲他以爲自己是神的兒子！」比拉多再次退了出去，命令他們把犯人一起帶回去。我注意到在他轉身的時候——我能很清楚地看到他的臉——他帶著既害怕又不解的表情看著群衆。雖然那一刻看起來比拉多好像在考慮釋放他。現在我知道了，其實只有我一個人還抱著那一線希望。其他每一個人都知道那是爲了將來而表演的一齣戲。除了殺人之外什麼都不重要。所以當他們回來之後，比拉多叫道：「看哪，這是你們的王！」這話沒有別的用處，只是更加地激怒群衆。周圍所有人都喊著：「除掉他，除掉他，把他釘上十字架！」好像這些話如果付諸實現就會帶來無限的愉悅和快樂，一種豐富與完美的感覺。當比拉多再次大聲叫道：「我可以把你們的王釘上十字架嗎？」這就像丟一根棍子給狗一樣，這似乎正是他們在玩的遊戲，因爲他們回答道：「除了凱撒，我們沒有王。」然後比拉多把他交給群衆，群衆全都準備好了；只要呼喚他們，每一個人都願意親自動手使他受苦。我們既緩慢又困難地擠到旁邊，正好在一群剛剛組成的人前面，那些人叫著喊著他們的朋友，彷彿每個人的血液都有毒素一樣，一種經由假裝成精力、行動、叫喊、歡笑和大聲交代指令所來的毒素，他們鋪好了一條通往那邊一座小山去的苦路。

當我們一路往前擠，同時又要避免彼此失散的時候，想必我們每個人都竭盡所能地要看起來和其他在場的人一樣，我們也必須看起來既興奮又飢渴，要實行那樣一件神聖的使命，去取笑一個自稱為王的人，讓他遊街，盡量加以羞辱，然後讓他在小山上痛苦地死去，讓所有的人都能看到他的死。很奇怪的是，我的鞋子讓我腳痛，不適於這種忙亂和炎熱的場合，這件事一直在我心裡揮之不去，有時讓我忘了目前正在發生的事。

・・・

在我看見那個十字架的時候，我倒吸了一口冷氣。他們早就準備好了，在等著他。那個十字架重得無法攜帶，所以他們讓他在人群中拖著行走。我注意到他有幾次想擺脫套在他頭上的荊棘，但是他的努力沒有成功，反而使得它們更壓進他的皮膚和他頭部的骨頭以及他的前額。每次他抬起兩手看能不能減輕這種痛苦，他後面的一些人就不耐煩起來，他們用棍棒和鞭子來催促他前進。一時之間他好像忘記了所有的疼痛，拖著或拉著十字架前進。我們很快地走在他前面。我仍然在想他的追隨者有沒有什麼計畫，他們是否在等待，或是像我們一樣變了裝混在人群中。我不想問，反正也不可能知道了，而且我警覺到在這種瘋狂之中我們說的任何一個字，或是我們露出的任何一個神色，都會使我們或我們之中任何一個人，也成爲受害者，被踢、被石頭打、或者被抓走。

這時我們視線相交，一切都改變了。當時我們已經走在前面，我突然回過身來，又看見他想把刺進他前額和後腦的荊棘擺開，在他無法自助的情況下，他一時抬起頭來，我們目光相對。所有的憂慮、所有的驚嚇似乎全都聚集在我心上，我嚎哭出聲向他衝去，卻被我的同伴抓了回來，瑪利亞低聲地對我說，我一定得要保持安靜和自我控制，否則我就會被人指認出來而被抓走。

他是我親生的兒子，而他從來沒有像現在這樣軟弱無助過。在他出生後的那幾天裡，當我抱著他看他的時候，心裡想的是我在臨終之時能有人照看，死後有人送終了。在那些日子裡，如果我夢見的是他渾身血淋淋，而且周圍的人還瘋狂地要他流更多血的話，我想就算在夢中我也一定會像那天一樣慟哭，那種悲痛源自於內心深處，我將僅剩下肉、血和骨頭。

瑪利亞和照看我的人一再地告誡我不能試著和他說話，也不能再哭出聲來，我跟著他們走向那座小山。混進那裡的人很容易，每個人不是在說就是在笑，有人牽著馬或驢子，也有人在吃喝，士兵們用我們聽不懂的話叫喊，有些長著紅頭髮，斷了牙，面目猙獰。那裡好像一個大市集，但感覺上更加熱烈，好像馬上要發生的事會讓買賣雙方都獲得很大的利潤。我一直覺得若想趁人不注意時溜出去應該很容易，而我也一直希望那些支持他的人計畫好讓他逃出人群去到一個安全的地方。但是我馬上就看到有些人在小山頂上挖洞，我知道他們是來眞的了。雖然看起來像是湊在一起的，其實這些人到這裡來只有一個原因。

我們等著，過了一個鐘頭，也許還久一點，隊伍才走到那裡。現在很容易分辨出來，哪些人是爲了某種目的，就是拿了人家的錢來的，完全聽命行事。又有哪些人到那裡只是爲了看熱鬧。奇怪的是有些人根本不注意別人怎麼準備把他釘上十字架，他們用繩子想把十字架拉向那個他們所挖的洞，以便豎立起來。

爲了上釘的事，我們約略退開。每根釘子都比我的手還長。要五六個人才能抓住他，把他的手臂順著十字架拉開，然後當他們開始將第一根釘子釘進他的身體，就在他的手掌和手腕相連之處，他發出一聲撕心裂肺的痛叫，用力掙扎，一道道的鮮血噴射出來，他們繼續錘打要把長釘釘進木頭。把他的手和手臂用力壓在十字架上，而他扭動著，吼叫著，等到他們弄完了之後，他竭盡一切力量阻止他們拉開他另外一條手臂。一個人抓住他的肩膀，另一個人抓住他的上臂，但他還是想辦法將手蜷曲在胸前，使得他們不得不找人幫忙。然後他們壓住他，打下第二根長釘，讓他的兩手在木頭上伸展開來。

當他在尖叫時我想看他的臉，但是他血流滿面而且痛得臉部扭曲到我幾乎要認不出來了。他的聲音我還認得出，他所發出的聲音是他獨有的。我站在那裡四下張望。周圍的人群依然故我——有人在釘馬蹄鐵和餵馬，有人在賭博，有人在羞辱別人和開玩笑，有人生火烹煮食物，弄得黑煙繚繞，吹滿了整座小山。很難想像我會留在這裡看著這一切，而沒有跑向他或大聲地叫他。我沒有這樣做。我驚恐地看著，但是我沒有動，也沒有發出任何聲音。再也沒有什麼能妨害到他們的決心。也沒有什麼能阻礙他們準備好的工作，他們動作快速俐落。然而，令人不解的是，我們竟然只是看著，我們竟然做出爲求自保的決定。我們之所以只是看著，是因爲我們別無選擇。我之所以沒有哭出聲來或跑去救他，是因爲那都沒有用處。我只會像被風吹倒似地被推到一邊。同樣奇怪的是，經過這麼多年當我有更大的自我控制能力，能衡量輕重，能看著一切什麼事也不做，並且知道這樣做是對的。我們拉住彼此往後站，聽著他發出我聽不清楚的嚎叫聲。也許我應該不計後果地衝向他，雖然這樣做不會有任何作用，至少如今我不必一再回想起這件事，不知道爲什麼我沒有衝上前去拉開他們，對他們叫罵，怎麼可能看著這一切，一動也不動地保持沉默。但是我當時就是那樣子。

等到可以問的時候，我問照看我們的人我兒子要多久才會死，他告訴我說因為釘子和他所失的血量以及太陽的熱力，可能會很快。但是估計仍然要拖上一天，除非他們來弄斷他的兩腿，那就可能會快些。他們告訴我說有一個人有辦法，說他知道怎麼讓時間快一點或慢一點。他是個專家，在這方面他就像其他的穀類和氣象專家一樣，知道什麼時候該由樹上採收果實，或是孩子什麼時候會出生。我聽說他們有辦法不讓血再流出來，甚至可以把十字架轉開不被太陽曬到，或者他們可以用長矛刺穿他的身體，這樣他只要幾個鐘頭，在日落之前就死了。也就是說他會死在安息日之前。但是他們跟我說這點必須由羅馬人答應，由比拉多本人下令。如果找不到比拉多的話，那麼人群裡應該有可以替代他表示同意的人。我幾乎想問是不是還有時間救他，如果他被救下來還活著的話，事實上我知道一切已經太晚了。早在長釘釘進他的手掌和手腕之前我已經看過那些釘子了。

然後我看見還有別的十字架豎立起來，上面的人用繩子綁著，但是那些木頭看起來太重，要不就是那些十字架做得不好，每次一豎立起來就會滑到一邊倒回地上。

我什麼都看，一朵雲在天上飄過，一塊石頭，一個站在我前面的男人，任何事物只要可以讓我分心，聽不到附近傳來的呻吟聲。我問我自己有沒有什麼辦法假裝這一切都沒有發生，從過去什麼人遇到過的事，或是到未來我永遠不會經歷的事。因爲我一直那樣小心地注意看著，所以我能說有好幾群人，有些是羅馬人，有些是長老，站在一邊，牽著馬，從他們綜觀全局和交頭接耳的樣子，我知道就是他們在控制一切，包括那些看似恰好發生在安息日前一天的種種事件，這些人看起來都很粗魯，堅決，營養很好而且很嚴肅。突然之間我看到我的表哥馬爾谷在人群之中，他也看到了我。別人還來不及拉住我，我已經向他跑了過去，我知道我看起來有多愚蠢，多麼無助，可憐地尖叫著。我猜我的兩臂伸著，我猜我的臉上滿是淚水，看起來像個失去理智的人。反映在馬爾谷臉上的表情，讓我想起曾經在別人臉上看見過的冷漠或惱怒，當他叫我離他們遠一點時，表情轉化爲陰暗的殘忍。我知道我沒有叫他的名字。我知道我沒有說他是我的表哥。我看到他臉上的恐懼，然後我很快地看到那種表情轉化成一種決定，他覺得應該把我和他們那些其他人都不敢靠近的人隔開。他對一個男人點了點頭，那個男人本來在十字架下面玩骰子，後來成爲一直看守著我的人，好像他知道我是誰，而我相信他受到指示，等我兒子確定死亡、人群散去時，就要將我逮捕起來。後來我才知道他們都認爲我們等到最後是要把屍體拿去埋葬。這是羅馬人從我們這裡學到的一件事：不管發生什麼事，我們都不會讓人曝屍在外。

· · ·

到房子來看管我的那個人，以及另外一個我更不喜歡的男人，要我簡單敍述那幾個鐘頭發生的事，要知道我聽到什麼話，也要我簡單描述悲傷，決定是用「悲痛」或「哀傷」哪一個辭彙帶過。雖然他們當中有一個人也目睹了我所見到的事，比方說當時天光很奇怪地暗了又亮的印象，或者聽到某些淹沒了呻吟、悲號，以及哭泣的叫喊聲，甚至是十字架上那具軀體所流露出的寂靜，他希望掃除這些困惑。還有從各處火頭冒出的煙，在無風吹送的情況下變得更濃而刺痛了我們的眼睛。他們不想知道另外一個十字架怎麼一直歪倒下來必須靠人扶正，他們也不想知道有個男人用兔子去餵一隻因爲關在小籠子裡而很不愉快的猛禽。

這幾個鐘頭裡發生了很多事，就像每一秒鐘就會發生些什麼事一樣。從覺得可以做點什麼事到明白其實沒什麼可做。我從而陷入最冷漠的念頭，既然這件事沒有發生在我身上，既然我不是那個給釘死在十字架上的人，那就根本沒有這件事，一直到想起他還是嬰兒的時候，思考著他是我肉體的一部分，他的心是從我的心長出來的。思考自己跑到別人面前讓人注意，拼命地問問題，注意那些人會不會有什麼表示可以讓一切快些結束。我終於想通馬爾谷之所以慫恿我到這個城市來，還給我一個地址，是爲了等一切完了之後能把我抓起來，以及爲什麼他們刻意選在安息日的前一天。

在最後的一個鐘頭，當人群漸漸散去，有些人開始走下小山，我已經沒有時間去懷疑、去領悟或者再多加思考。在這最後的一個鐘頭裡，我沒有時間去胡思亂想或是找什麼事物來分心，長釘刺穿的手腳和懸掛在烈日下的身體所帶來痛苦似乎更加強烈，變成陣陣淒厲的尖叫，然後化爲喘息。我們所有人都在等待，所有人都知道結局將來臨，所有人都望著他的臉、他的身體，不確定他是否知道我們在那裡陪著他，最後他似乎睜開眼睛想要說話，但是我們沒有一個人聽懂他那樣用力說出來的是什麼。那只是讓我們知道他還活著而已，奇怪的是雖然他受了那麼大的痛苦，雖然他公然地受到那樣大的挫敗，雖然我一直拼命地希望這事能趕快結束，現在卻不想讓這件事結束。

快到最後的時候，照看我們的人，他的追隨者，那個到這裡來的男人，也就是替我付錢，料理我事務的那個人，告訴我說等他一死我們就必須趕快離開，說別人會負責清洗他的身體和埋葬他，說小山後有一條小路，如果我們準備好一個個往那邊去，那麼他就可以保證我們能逃得出去，不過即使我們能逃走，他說，也會有人跟蹤我們，或來找我們，所以必須在夜晚靠月亮和星光步行趕路，白天盡量躲起來。我在他說話的時候看著他，我看見起初從他臉上看到過的表情仍然沒變——沒有哀傷，沒有難過，沒有激動，只是冷冷地，好像在辦理一件公事，好像我們在世界上的時間都需要事先小心地計畫和規定。

「他還沒有死，」我對他說：「他還沒有死，我要陪著他到他死爲止。」

在那時候我看了看旁邊的人，我注意到馬爾谷不見了，一直跟著我的那個男人也不見了。在那一秒鐘，我困惑地看向我身後，想看看他們究竟是離開了，還是混進其他的人群裡。然後我看到他們了，還有在加納婚宴上的那個男人，那個絞死人的凶手，他們一直在一起，而且他們正在指著我和瑪利亞，以及照看我的那個人，要把我們從人群裡指認出來。那個絞殺者望著我們，平靜地點著頭，認出我們每一個人。後來，過了很多年之後，我會對自己說我當時所作的決定是爲了瑪利亞。因爲我發現是我把她帶到這裡來的，眼看將要因爲我而被絞殺。我記起馬爾谷跟我說過那個人能不發一點聲音，也不留一點痕跡地絞死一個人。但是不能讓瑪利亞默默地被絞殺，只要想到他的手指壓進她的頸子想要掐斷頸子時，她的身體將會如何扭曲和掙扎，我就不得不跑向照看我的人，對他說我們必須馬上就走，像他說的一樣，偷偷地一個個溜走，然後動作加快，連夜抵達安全的地方。其實我想到的是自身的安全，爲了保護我自己。我突然感到害怕，覺得危險正在向我逼近，我比過去這幾個鐘頭以來更加害怕。

一直到現在我才能承認這點，一直到現在我才讓自己說這件事。多年來我一直想著我在那裡停留多久，我當時受了多少苦，藉此撫慰我自己的憂傷。但是我必須說，我必須把話說出來，不管有多痛苦；不管有多絕望，尖叫多少次；儘管事實上他的心和他的肉都是從我的心和我的肉裡長出來的；儘管我感覺到無法消除的痛苦，而那種痛會隨著我進到墳墓裡；儘管這些事都是眞的，但他的痛苦始終是他的而不是我的。當有被抓或被絞殺的可能時，逃走是我最初的直覺，也是最後。在那段時間裡我毫無力量，但是，再怎麼說，我知道我該怎麼做。我由悲傷進入更深的悲傷，擰著我的雙手，抓住別人，驚恐地看著一切。正像照看我的人所說的，在他死後我應該讓別人去清洗他的身子，把他抱下來埋葬。如果必要的話，我該讓他獨自死去。然而那正是我所做的事。我一旦表示同意之後，瑪利亞首先溜走，我們看著她由我們的視線中消失。我沒有再看一眼十字架上的身影。也許我已經看夠了。也許我是對的，我當時只想趁還來得及先救我自己。但是現在不是那種感覺了，從來也不是。我現在要把這些說出來，因爲這些話總要有人說的。我那樣做是爲了救我自己。我那樣做不是爲了其他原因。我看著照看我的人溜走，假裝沒有注意。我走向十字架好像我要坐在底下擰著手等他到最後一刻。然後我溜到後面。我假裝在找什麼人或什麼東西，或是在找一個別人不會看見，可以喘息的地方。然後我跟著照看我們的人和瑪利亞走下小山的另外一邊，走得很慢，直到慢慢走開。

我曾經夢見過自己回去那裡。我曾經夢見我把我受傷而全身是血的兒子抱在懷裡，然後在他洗乾淨之後，我撫摸著他的肌膚，把我的雙手放在他的臉上，他的臉變美了，因爲他所受的苦已經過去了。我摸著他的雙腳和兩手原先釘著釘子的地方。我將他頭上的荊棘拔掉，把他頭髮裡的血洗淨。他們把我留在他身邊，其他人，瑪利亞和那個照看我的人還有其他前來陪伴他直到最後的那些人，他們讓自己身陷危險，只爲了表示他們相信他。我們終於可以留在他身邊。那件可怕而殘酷的工作已經完成，身體獨自伸展在小山頂上的空中死去，全世界都知道都看見也都記得了，既然如此，那些讓他死的人就再也沒有理由留下來。他們在另一個地方吃喝或等著拿錢。於是那座不久之前還充滿了黑煙、叫鬧聲、暴戾之氣以及嚴肅面孔的忙亂小山，現在成爲一處充滿哭泣的柔和之地。我們抱著他撫摸他，他既沉重又輕如鴻毛，血由他的身體裡流光了，他的身體純白得像大理石或是象牙。他的身體逐漸僵硬而毫無生氣，但是有一部分，也就是他在那最後幾個鐘頭裡所給我們的，來自於他受苦的那一部分，盤旋在我們四周的空中，如同某些甜美的事物安慰著我們。

我曾經夢見過這件事。還有好幾次我讓這場夢境進入我白天的生活，我坐在那張椅子上覺得我正抱著他，他的身體毫無痛苦，我的身體也沒有感覺痛苦，這事很容易想像。難以想像的是眞正發生的事，而這正是我現在必須面對的事情，在我死前幾個月眞正發生的事。否則一切都會成爲一個甜美的故事，如同一些色彩鮮豔的有毒漿果垂掛在樹上。我不知道在夜裡對自己吐露實情這件事有什麼重要？爲什麼這件事實至少該在這世界說上一遍有這麼重要。因爲這個世界是一個沉默的所在，夜空在群鳥飛盡之後是一處寂靜的所在。沒有言語能使夜空有一分不同，既不能讓夜空明亮，也不能讓夜空不顯得奇怪。如同白天對於發生過的事情也漠不關心。

我之所以說出實情不是想把夜晚變成白天，好給我們這些年老的人帶來無盡的美和安慰。我說出來只是因爲我還能夠說，已經發生夠多的事情了，這樣的機會可能不會再來。也許不久之後我又會開始夢見那天我等在小山上，把他赤裸裸地抱在懷裡，那個夢不久就會到來，好接近又好眞實，瀰漫在空氣中，令時光倒流，改寫已經發生的事，或是那些本來應該發生的事，已成事實，如我所知，如我所見的事。

事情經過其實是這樣的。他們把我夾在中間跑了起來，我認清那個照看我們的人根本沒有任何計畫。他和我們一樣不知道該去哪裡。我們不能回到城裡。他有一些錢，但是我們沒有食物，而且我突然覺得慫恿我們往前走是爲了救他自己，保護我的大事可以慢慢地來，但在這幾個鐘頭裡卻不是最重要的事。照他們現在的做法，我的訪客們來了，他們試著聯絡，編織出一套說法，讓事情都有意義，他們要我幫忙，我依然會像過去那樣幫他們，但不是現在。現在我知道事情充滿變化和不確定，有些發生在旅途中的事我現在連想都不願想起。我知道在那些日子裡我們並不好，因爲我們很絕望。我們帶走衣服因爲我們需要衣服，帶走鞋子因爲我需要鞋子。我們不拿錢也不殺任何人。我相信我們沒有殺過任何人，但也許有些事我沒有看見。我們儘量走得很快，有時我們沒有吃東西，有時我們確定有人跟蹤或是注意我們。對必須解釋的人，我都說是我女兒和她的丈夫，我們之所以沒有隨身行李，或沒有騎著驢子是因爲我兒子已經帶著我們的行李先跟商隊走了。這些謊言都不要緊，正如旅途中我們做的其他對我們有幫助的事一樣無關輕重。但其實我不確定。

難以解釋的是我們當時做的夢才重要。經過發生在那座小山上的事之後，我們走在夜裡的時間比白天多，至少前幾天是如此，直到後來我比以前更容易感到睡意的時候也是如此。奇怪的是我們去恐嚇一戶獨居鄉下且看似脆弱又無辜的人家，好像也沒有關係。我們拿了食物和衣服和鞋子，幾個鐘頭後我們還找來了三匹驢子，照看我們的人把那個男人、他的老婆和他們的孩子們都綁了起來，威脅他們不許跟蹤我們。這點我們也注意到了。我穿上鞋子和衣服，而我們用他們的驢子趕了很多路。所有這些事都發生過。

但是當時發生的事還包括我們做的夢，我和瑪利亞一起做的夢。我以前不知道你可以和別人做同樣的夢，在我結婚之後的那幾年我們各自做各自的夢，雖然我們睡得很靠近彼此，偶而夜裡還會碰到對方，但夢境就像痛苦一樣只屬於自己。在這些絕望的日子裡，我們飢腸轆轆，有時氣喘吁吁，充滿了恐懼，當我和瑪利亞發現照看我們的人毫無計畫，只是把我們帶向水邊，或是大海，全憑運氣。日子一天天這樣過去，除非我們能找到一艘船或一個棲身之所，否則我們被抓到的機會一定會越來越大。瑪利亞和我還是很親密，走路的時候互相扶持，睡在彼此的懷裡尋求溫暖和保護。我們都知道如果給人抓到的話，就會被謀殺，用石頭砸死或者絞死，留下屍體發爛。我們很少和照看我們的人說話，也幾乎不掩飾我們對他的輕視，經過這些事情後，此刻我們擔心被抓到的恐懼更大，憤怒也更大，我們被一個無能的人帶進荒山野地，這無能的人散發出的自負，也因爲缺乏食物和單純的疲憊而消失殆盡。

我和瑪利亞都夢到我兒子復活了。我們兩個都夢到我們在睡覺，有一口用木頭和石頭做的井，一口常用的井，因爲那口井深入地下，打出來的水要比其他的井水更加甜美、清涼，乾淨得多。只有我們在那裡。那時是早晨，太陽剛剛升起，還沒有別的人來到這口井邊。我們兩個都靠在石頭上睡著。我們前面沒有路，這很奇怪，遠處有幾棵橄欖樹，但近處沒有。也沒有聲音，沒有鳥在歌唱，沒有山羊在叫，什麼也沒有。我們穿著袍子在黎明的天光中睡得很熟，看不到照看我們的人在附近的跡象，也沒有這幾天以來的恐懼和瘋狂行爲。突然之間我們兩個都被從地下冒出的水聲驚醒，好像有一個看不見的人來打水，那水自動升起然後潑了出來。我確定水是潑出來了，而我現在也完全清醒了，因爲水打溼了我的袍子。但是我仍然沒有站起來；反倒把手放進水裡看那到底是不是眞的，那的確是眞的。瑪利亞卻站起來躲水，但是她看見的使她倒抽一口冷氣。我看了看她，起先沒有注意到是什麼令她吃驚，因爲那些如今看來好像從井裡冒出來的水，確實令我吃驚，水大量地從井裡湧出來，溢過井口，流向那些樹，漸漸地匯成一條小溪。

然後我轉過身時看見他了。他回到我們身邊了，他和水一同升起，水的力量將他由地底推了上來。他全身赤裸，受傷的地方，包括他的兩手，他的雙腳，被打斷了骨頭的兩條腿，給荊棘刺傷的前額，所有的傷痕四周都有烏青，而且都裂開著。身體其他的部分都是白色的。當水把他由井裡送出來的時候，瑪利亞將他接住，放進我的懷中。我們兩個都觸摸到他。那實在很難形容。我們都記得，那種純淨、光滑、煥然的美。

在我們醒來之前的夢裡，他曾一度睜開了眼睛，先動了兩手，然後動了他的手臂，幾乎呻吟出聲，但是動作和聲音都非常柔和。他似乎沒有痛苦也不記得他所經歷過的事情。但是那些傷痕都在他身體上。我們沒有和他說話。我們只抱著他，他看起來是活著的樣子。

然後他一動也不動，或者是他死了，或者是我醒來了，或者是我們兩個都醒來了。那裡別無他物。因爲我們自己忍不住，照看我們的人聽到了每一個字。他的內心發生了變化，他開始笑著說他早知道會有這種事，說這是老早就有人說過的事。他讓我們詳細地一再重說這件事，等我們重說了好幾遍而他似乎都記住了之後，他說我們很安全，會有另外一些事發生而把我們帶到我們需要去的地方。然後我們感到一陣頭重腳輕，不知道是因爲飢餓還是恐懼。然而不管那是什麼我們都感覺到自由。

我知道，瑪利亞也知道我們是在盲目地前進，有時我發現如果瑪利亞能和我們分開，自己回家的話，我們會安全得多。後來，我們找到一間房子，可以更加平靜地討論這件事。我們都知道我再也回不了家，我再也不能出現在任何一個有人能認出我是誰的地方。但是她可以，而我也知道這是她心裡的想法。平靜的日子終究過去了。因爲食物，因爲休息，因爲照看我們的那個人突然改變了，他臉上有了得意的表情。這種得意來自於一兩個完全陌生的人，還包括其他知道他是其中一名追隨者的人，說要幫他忙；經由他們的幫助他告訴我們，說我們很快就能安全了，會有一艘船來送我們到以厄所去，那裡有棟房子在等著我們，一棟能讓我們永遠受到保護的房子。他不了解他的保證，他所帶給我們的安慰，已經不能影響內心的悲傷、震驚，以及因我們所做的事而感到的慚愧。我們讓別人去埋葬我的兒子，或者根本沒有埋葬。我們逃到一個夢境比現實實在的地方，比我們曾經能感知、警覺、了解的生活，更值得依靠。起初幾天覺得這樣很好，也許我們都希望未來也能像這樣包覆在夢境中，直到夢境終究幻滅了，城拆樓毀，而且我知道瑪利亞想要離開，不想再和我同行。我早知道會有什麼事情發生，而現在發生了：

有天早上我醒來，她不在另外一張床上。照看我們的人如她所願地安排她回去。現在這時候，道別不是必要的，是否道別也沒有什麼關係。我並不在乎她離開的方式，但是現在只有我和他單獨在一起，我得找出一個處理他的方法。我也需要把一切分得很清楚。從那時開始我要讓夢境只是夢境，讓他們只屬於夜晚。我要所發生的一切、我看到的和我做的都屬於白天。到我死去之前，我希望我能活在充分了解這兩者的區別之中。我希望我能做到這點。

・・・

現在是白天，天光照亮這個房間。奇怪的是當我們登上那條送我到這裡來的船，航行過暴風雨和平靜的海洋時，我卻產生了一種希望發生災難的渴望，那是我在船上時極其需要的，好像爲了我心裡的平靜，照看我們的人，或是哪一個幫忙我們的人，掉進水裡高喊救命，然後消失不見，接著又冒上來，然後淹死漂走了。不論是什麼，我都想討回來。我看到的不再是事物本身，而是印象，或者只是簡單的提示。當我看見一個人的時候，我看到的是一場暴虐的死亡，而且我覺得我即將面對這樣的事。一隻曾在荒野中的動物，碰到一隻溫柔的手，對方假設動物是馴良的並拿著食物前來，動物知道將會有什麼情況，或者該怎樣做。我的見聞使我變得瘋狂，情況將不會好轉。白天的所見不會改變我，黑夜也不能緩和，或減輕對我造成的影響。

我不常離開那棟房子。我很小心注意，現在白天變得更短而夜晚更冷了，當我看著窗外時，我發現到令我吃驚且引起我注意的事。光線變得非常強，一切好像變得神聖，彷彿知道金光灑向我們這裡的時間將只會越來越短，因此放射出更強烈、更清晰的光來。爾後當天光開始消退時，似乎給每樣東西都留下了傾斜的影子。在那些時間裡，在那樣朦朧的光線中，我覺得很安全，能溜出去吸一口濃密的空氣，看著暮色漸漸消散而天空變得靜謐，召喚人們回家，直到景觀中所有的一切都逐漸看不清楚。這讓我很高興，也讓我覺得自己幾乎是隱形人，走向聖殿，在其中一根柱子旁邊站幾分鐘望著所有的影子逐漸加深，而一切準備進入夜裡。

我走動得像一隻貓一樣，我站定然後一點點往前走，然後再站定。雖然我覺得我不會被人看見或注意到，哪怕是在白天或是早晨也不會，但我總是非常警覺，像一隻野貓一樣，隨時準備一有危險立刻飛奔而逃。

有一天我發現我在殿裡留得太晚，等我走到外面的空地上時，夜色已經降臨了。我知道我必須加快速度在黑夜到來之前回到家裡，因爲夜裡一片漆黑，只有一線月亮所發出的微光，照不見我的歸途。因此我不能循著我平常走的那條曲折的小路，必須走更直接的路，盡可能地爬過可以讓我早些到家的那段陡直的短坡。

然後，在這個白天與黑夜交界的殘光下，我經過我以前沒有看過的石頭。平板似的薄石頭，像牙齒一樣，由地下突出，好像它們就長在那裡似地。我因爲走得太快而覺得腰痛時，能隨意地靠上其中一塊休息。然後草叢或矮樹叢裡有什麼東西，發出好像野獸的聲音，我轉身並且被我所見到的東西嚇得幾乎跑了起來。用石頭雕出的兩個人形，差不多有我這麼高。身上反射著幾道最後見到的陽光，閃耀出石頭的白皙和光亮。其中一個是幾近赤裸的青年。他臉上的表情平靜而天眞，好像就要從他被雕刻的石頭裡向我走出來，光的效果似乎更強化了這種感覺。雖然一開始我很擔心，但是我現在卻不怕他。他旁邊站了一個留著鬍子的老人，以手掩面正在哭泣，彷彿也在生活中若有所失。他顯然很沮喪；那個年輕人沒注意到某件事情已經發生。也許死者就是如此，他們不會懷念這個世界，也不知道這裡發生了什麼事。我站在那裡望著那兩個人，想像著那個年輕人死了而他的父親還活著，充滿了我們這些仍然在世的人所有的痛苦。我注意到在那年輕人腳下蜷伏著一個正在哭泣的孩子，他似乎因爲悲傷而捲起身子，比那個站著的人更加悲傷。然後太陽的光更斜了。我在暮色中看見我四周都是石頭雕刻出來的人，甚至動物，也有些別的。似乎隨意地放置著，只是一些留在那裡的東西，但是現在它們顯然是有目的地被放在那裡，那些雕刻想必有什麼意義，在我快步離開的時候我知道他們代表死亡。

⋮

在死亡來臨之前的那些日子裡，有時會聽見輕輕呼喚我名字的聲音，在我還想向這個世界有所需求的時候，叫我走向黑暗，引誘我安息長眠。我要的不多，但是還要。事情很簡單，如果水能變成酒而死者能夠復活，那麼我要把時間推回去。我要再生活在兒子死去之前，在他離家之前，在他還是個孩子，他的父親還活著而世界上還有所謂安逸的時候。我要再過一個寶貴的安息日，那些日子沒有風，我們的嘴裡唸著祈禱文，我和那裡的女人一齊吟誦著那些字句，祈求上帝賜福給弱者和孤兒，維護低下的人和窮困的人應有的權利，拯救那些有需要的人，從惡人的手中歸還給他們。當我對上帝說這些話時，重要的是我的丈夫和我的兒子都在身邊，不久以後等我獨自回家，坐在陰影裡兩手交握時，能聽到他們回來的腳步聲，我會等待兒子跟在父親身後開門進來時靦腆的笑容，然後坐著靜待陽光消失，一天過去的我們再度改頭換面，我們對彼此的愛，對上帝和這個世界的愛都更加深入廣被，然後我們會再交談，一齊晚餐，準備輕輕鬆鬆度過平靜的夜晚。

現在一切都過去了。那個男孩已經長大成人，而且離開家裡變成一個掛在十字架上的垂死之人。我希望自己可以想像那些發生在他身上的事不曾發生，我們將來還會見面，不像現在，也不由他們決定。我們將可以平安地活到終老。

．．．

照顧我的人以及看守我的人，他們就要回來了。反正他們都在監視我。不出幾天他們就會知道我總在黎明時醒來，站在這個房間裡。有人能從窗子看到一個影子，或是聽見一個聲音。在這裡我不是一個人。也許他們付錢給法麗娜看守我，報告我的事，或是想方法威脅她這麼做。或者找到其他我遇過但不曾交談過的人監視我。

每次我們都要從頭來過，每次總是看他們才剛爲某個小細節興奮，不久又爲了另一個小細節發怒，可能是我不照他們的劇本就範，也有可能是我批評了他們，例如說話的口氣，或者是他們總想要簡單地解釋沒那麼簡單的事。

也許他們想法就是這麼簡單。也許等我再過不久死了之後，一切會更簡單。好像我所看到的和我感覺到的事情都沒有發生過，好像某個無風的日子裡，一隻小鳥在高空上振動了一下翅膀那樣。他們要發生過的事永世流傳，他們告訴我，他們說已經寫下來的事會改變這個世界。

「這個世界？」我問道：「全部嗎？」

「是的，」那個照看我的人說：「全世界。」

我想必看來很困惑的樣子。

「她不明白。」他對他的同伴說，這話說得很對。我一點也不明白。

「他真的是神的兒子。」他說。

然後他很有耐心的開始以我兒子的意志，向我解釋所發生的一切，其他人都點頭鼓勵他。我根本沒在聽他說些什麼。我還有別的事情要做。我知道發生什麼事，我知道懷著孩子前幾個月的快樂，感覺很奇怪而特別，我知道我的生活很不一樣，我經常站在窗前望著外面的光，想著我體內的新生命，第二顆心在跳動的時候，使我感受到超乎以往的滿足。我因此如同我們所有人一樣學會如何生育和養育孩子。那來自肉體本身，然後再形成靈魂，看起來似乎很不尋常。所以我在他們說話的時候報以微笑，因爲他們似乎眞的理解在那一刻降臨的光和恩典。我一度非常喜歡他們那股熱切和深信不疑。

一直到他們最後說的那些話，那些言語冒犯了我，使得我從坐著的椅子上站起來，跟他們保持距離。

「他是爲了拯救這個世界而死，」另外一個人說：「他的死將人類由黑暗和罪惡之中解放出來。他的父親把他送到這個世上就是要他在十字架上受苦。」

「他的父親？」我問道：「他的父親——？」

「他受苦是有必要的，」他插嘴道：「這樣人類才能得救。」
「得救？」我提高了聲音問道：「誰得救了？」
「那些在他之前來到的，和那些現在還活著的，以及那些還未出生的人。」
他說。
「由死亡中拯救出來嗎？」我問道。
「拯救他們能得永生，」他說：「世上每一個人都將知道永生。」
「天啊，永生！」我回答道：「天啊，世界上的每一個人！」
我看著他們兩個，他們的眼睛垂下，一種陰暗的神情出現在他們的臉上。
「就是爲了這個原因嗎？」
他們彼此對望了一眼，我第一次感到他們野心的可怕，以及他們信仰的天眞。
「還有什麼人知道這件事？」

「會有人知道的。」他們其中一個說。

「經由你們的話嗎？」我問道。

「經由我們的話，和其他門徒的話。」

「你的意思是說，」我問道：「那些追隨他的人？」

「是的。」

「他們都還活著嗎？」

「是的。」

「在他死的時候他們都躲著，」我說：「在他死的時候他們都躲著。」

「他復活的時候他們都在那裡。」他們之中的一個說。

「他們看見了他的墳墓，」我說：「我從來沒有見過他的墳墓，從來沒有洗過他的身子。」

「妳在那裡，」照看我的人說：「他的身體從十字架上取下來的時候妳抱著他。」

他的同伴點了點頭。

「妳看著我們把他的身子塗滿香料，用細麻布裹起他的身體，將他埋葬在釘十字架處附近的一個墳墓裡。但是妳沒有和我們在一起，當他死了三天之後回到我們之間，對我們說完話，然後昇天去見他的父親時，妳在一個我們可以保護妳的地方。」

「他的父親。」我說。

「他是神的兒子，」那個人說：「他的父親派他到世間來讓這個世界得到救贖。」

「以他的死，他給了我們生命。」另外一個人說：「因他的死，他讓這個世界得到救贖。」

於是我轉向他們，不管我臉上的表情像是對他們感到憤怒、悲傷還是恐懼，都令他們警覺地抬頭看我，其中一人朝我走過來，想阻止我說出我現在要說的話。我朝後退回來站在角落。起先我說得很小聲，然後我愈說愈大聲，直到他也向後退，身體幾乎要縮進另一頭角落的時候，我才再度放低了聲音，慢慢地、小心地說，幾乎用盡了我體內僅有的力氣和生命。

「當時我在那裡，」我說：「但是我在事情結束之前就逃走了，如果你要有人證實的話算我一個，我現在就可以告訴你，當你說他讓這個世界得到救贖時，我會說那不值得。那不值得。」

當晚，他們搭上一個往小島方向去的車隊離開這裡，我在他們的語氣和態度裡感受到不同過往的疏離感，一種近似恐懼，但倒不如說是純然的憤怒與厭惡。但是他們留下錢和生活用品給我，讓我感覺自己仍然受到他們的保護。要對他們客氣很容易。他們不是傻子。我羨慕他們的慎重，他們計畫的明確，他們手法的細緻，他們和那群滿面于思的粗漢和鳥販不同。那些男人眼裡沒有女人，在我丈夫死後他們會到我家和我的兒子坐在一起胡說八道一整晚。他們會興旺、勝利而我將會死去。

我不再去猶太教徒的聚會所。所有過去的都已經過去。我會招人注意，凸顯我的格格不入。可是我會跟法麗娜一起去另外一間廟，有時候當我早起，或等稍晚一點，當陰影布滿世界而黑夜將降臨之前，我會一個人去。我的動作輕柔。低聲對那偉大的女神說話，美麗的月神兩臂伸開，她那麼多對的乳房等著滋養所有來找她的人。我對祂說我現在只希望睡在乾燥的土裡，在這附近有樹的地方雙眼一閉，便安寧地歸於塵土。然而當我在夜裡醒來時，我又想要得到更多。我要已經發生的事情沒有發生，一切會是另外一個樣子。要那些事情不發生多麼容易！要我們放過自己多麼容易！不用花什麼力氣。卽使只是懷抱著事情有另一種可能的想法，在我心中似乎也像一種新的解脫。掀去了黑暗，推走了悲傷。好比一個旅人在乾燥無蔽的沙漠裡折磨了幾天之後來到一個小山頂看見底下有座城市，如一塊鑲在翡翠中的蛋白石，非常豐饒，那個城市裡有好多井和樹。還有一個市場滿是魚和家禽以及來自各地的水果，一個能令人想起烹飪和香料氣味的地方。

我開始沿著一條小路向那裡走去。我被領進了這個奇異的靈魂居所，一道長長的窄橋橫跨過翻騰而冒著熱氣的水，像岩漿一樣發著黯淡的光芒，底下還有長著植物的小島。我自由自在，四周一片寂靜和舒適宜人的微光。這個世界放鬆得像一個鬆開頭髮準備上床的女人。此刻我悄聲地說話，我知道那些話都很重要，我帶著微笑把這些話語向這裡的眾神傾訴，祂們流連在空中看顧著我並且聽我訴說。

推薦跋

人盡神起：天主的救恩計畫

朱國珍（作家）

《瑪利亞的泣訴》完成於二〇一二年，在此之前柯姆・托賓已經寫出描摹小說家亨利・詹姆斯晚年心路歷程，結合部分史實與精緻想像並獲得國際IMPAC都柏林文學獎的《大師》。至《瑪利亞的泣訴》則是更進一步使用第一人稱書寫，爲被釘在十字架上的耶穌母親譜出最後的「苦路」艱辛。

苦路，也稱苦路十四處，是耶穌在世上生活的最後一段路，也是復活節前夕四旬期的祈禱善工。「拜苦路」不只紀念主耶穌的苦難，行走這條苦路直至終點是相信基督復活最具體的行動。耶穌在苦路第四處首遇聖母瑪利亞，當經文唸出：「聖母的痛苦加重祢的痛苦」時，同樣作爲母親的我，每每在儀式中強烈感覺到母性的堅強，在這痛苦時刻唯有自己先挺過才能保護孩子。當瑪利亞在苦路第十二處看著親生兒子被釘在十字架上，一般父母若親眼看見孩子受盡折磨苦難肯定崩潰。然而聖母平靜地接受耶穌的決定並支持祂到最後。她勇敢侍立在旁。《若望福音》提到耶穌臨終時看著母親說：「女人，看，你的兒子！」接著又對門徒說：「看，你的母親！」苦路的最後是母子在痛苦中凝視彼此，也是堅定的信德讓他們相信永生的希望。

托賓擷取拜苦路的精華，飾以聖經中迦納婚宴變水爲酒的神蹟與拉匝祿復活的記號，以瑪利亞的眼光寫出耶穌受難記。作爲天主教信仰的小說家，托賓曾在受訪時提到愛爾蘭的年輕作家已經沒有人在描寫天主教國家的愛爾蘭：「因爲那個天主教國家已經消失了。卽使在二十世紀七〇年代，也很少有愛爾蘭小說家書寫天主教問題。」
因此《瑪利亞的泣訴》雖然是以聖母視角看待耶穌最後受難，但全書宗教意味並不濃厚，更多的是女性自覺。
天主教信仰裡的聖母瑪利亞與義人若瑟是出身窮困的平凡人，受到天主揀擇而成爲耶穌的父母。童貞無玷瑪利亞一生柔順服從，更是全心全靈配合天主救恩計畫。然而在托賓的筆下，瑪利亞在意外的訪客出現時會「盡量裝出一副溫柔、沒必要反對的樣子，最好讓他們覺得我是突發奇想，是婦人之仁。」，也會直言「我不喜歡婚禮，我不喜歡那麼多的說說笑笑，浪費食物，還有流水般的酒，新娘和新郎像是一對被犧牲的人，用來換取金錢，或是門第，或是遺產，還要被迫忍受大量的喧鬧與酒醉，以及一大群人毫無必要地群聚。」
全書接近終曲，當死而復活的永生題旨出現時，托賓藉著瑪利亞之口闡述：「當時我在那裡。但是我在事情結束之前就逃走了，我現在就可以告訴你，當你說他讓這個世界得到救贖時，我會說那不值得。那不值得。」這部分徹底顛覆《聖經》所描述的瑪利亞，也如同許多書評所言，托賓作品中可看到相當深刻的女性主義鑿痕。

托賓在二〇〇六年出版第一部短篇小說集《母與子》，書中收錄九則短篇小說都圍繞著母親與兒子的關係，其中〈我兒是神父〉描寫有二十多年神父經歷的法蘭克在尚未進修道院之前曾在學校教書時犯下性侵罪行。過往醜事爆發之後，托賓並沒有描述性侵細節，而是從母親莫莉的視角出發，如何平靜面對日常生活並接受事件的結果。小說結尾時的母子對話更是親情與愛化繁為簡的極致呈現。莫莉對法蘭克說：「我們不會離開的，我會一直在這裡。」兩句話濃縮了母性的偉大，這也是聖經裡瑪利亞的精神所在。

中外有許多信仰天主教的優秀小說家，美國南方哥德文學代表作家芙蘭納莉・歐康納是虔誠的天主教徒，但筆下盡是描寫人類的墮落與卑猥，東華大學英美文學系許甄倚教授評論：「作爲虔誠的天主教徒，歐康納視暴力爲神的工具與救贖的機會，白人成爲她施暴的對象，暴力逼人凝視內在的幽黯與醜陋，經歷一場出乎意料的靈性質變。如此巧妙融合了暴力與神性的南方歌德派寫實暗黑，雖然關於宗教，卻一點也不傳教，反而以其獨特的風格傳遞眞理。」

以《沉默》獲得谷崎潤一郎獎的日本天主教作家遠藤周作，因爲母親而受洗爲天主教徒，也因爲想佔有母親的愛而在叛逆青春期與天主教纏鬥，及至母親過世後懷抱著罪惡感不斷探索人是如何爲人？如何成爲眞正的信仰者而延續天主教信仰。

英國小說家格雷安・葛林也是天主教徒，代表作《愛情的盡頭》外遇女主角不斷寫信給天主，也透過男主人翁「一字不差想起她說過的話：『我們世人一輩子沒見過天主，但是他們不還是一直愛著祂嗎？』」

小說家王文興中年領洗成爲天主教徒，他曾在受訪時表示信仰對他的幫助很大部分在於面對人際關係：「人世糾紛不在於個人，而是在多方面。可是在我接受信仰以後，就好像原本生病一樣，竟然豁然而癒了。」不過他認爲寫作這件事跟念書一樣不便祈求，否則問心有愧：「我感覺領洗前後寫作的難易是相同的，學習的難易也是相同的。我總覺得在這方面恐怕神是不介入的，好像上帝已經決定把人生的這一塊交給人來獨立、自主的。」

托賓認爲《聖經》描述長釘已穿透耶穌手臂，聖母瑪利亞卻未曾發出聲音，這樣的安排極不合理，因此以虛構故事寫出《瑪利亞的泣訴》。在實踐小說技藝的企圖心同時，也讓我憶起教宗方濟各曾在彌撒中表示：「天主不看外表，卻看人心。基督徒的旅途是上主邀請我們所走的旅途；我也想到沒有哪位聖人沒有他的過去，也沒有哪位罪人是沒有未來的。」

好評推薦

不少西方的作家要寫、也寫了耶穌傳。有個前輩曾說：這些耶穌傳的作者並不在乎自己寫的是否是眞實的耶穌，他們渴望寫的是一本自傳。「瑪利亞的泣訴」是否可說是作者在借瑪利亞之名寫一本純個人對瑪利亞默會所寫自我尋獲？

男、女性先天地有所不同。但生自母體的男生在其體內不乏有許多女性的原質。他們有所感悟而要表達時，這些原質常會乘虛而入。作者托賓深探且默會瑪利亞的心緒，故能窺見她兼高貴又平凡的面相而加表述，洞現瑪利亞的韌性和毅力。或許作者也在表達他自己吧。

——陸達誠（神父）

大師名作坊212

瑪利亞的泣訴

作者—柯姆・托賓
譯者—景翔
審訂—林靜宜
編輯—張瑋庭
封面圖像—Kristin Perers
美術設計—蕭旭芳
內頁排版—宸遠彩藝

總編輯—嘉世強
董事長—趙政岷
出版者—時報文化出版企業股份有限公司
108019臺北市和平西路三段二四〇號三樓
發行專線—（〇二）二三〇六—六八四二
讀者服務專線—〇八〇〇—二三一—七〇五
（〇二）二三〇四—七一〇三
讀者服務傳真—（〇二）二三〇四—六八五八
郵撥—一九三四四七二四時報文化出版公司
信箱—一〇八九九臺北華江橋郵局第九九信箱
時報悅讀網—http://www.readingtimes.com.tw
電子郵件信箱—liter@readingtimes.com.tw
法律顧問—理律法律事務所　陳長文律師、李念祖律師
印刷—勁達印刷有限公司
初版一刷—二〇一五年一月二日
二版一刷—二〇二四年九月二十日
定價—新臺幣三二〇元
（缺頁或破損的書，請寄回更換）

時報文化出版公司成立於一九七五年，
並於一九九九年股票上櫃公開發行，於二〇〇八年脫離中時集團非屬旺中，
以「尊重智慧與創意的文化事業」為信念。

瑪利亞的泣訴/柯姆・托賓(Colm Tóibín) 著；景翔譯．
–二版．–臺北市：時報文化, 2024.9
面；公分．–(大師名作坊;212)
譯自：The Testament of Mary
ISBN 978-626-396-753-3

884.157　　113013066

ISBN 978-626-396-753-3
Printed in Taiwan